COLECCIONISTA DE ALMAS

BERTHA JACOBSON

Título de la Obra: **COLECCIONISTA DE ALMAS**

Derechos Reservados © 2014 Bertha Jacobson

Prohibida la reproducción parcial o total de esta obra por cualquier medio. Este libro no puede ser reproducido, copiado o almacenado total o parcialmente utilizando cualquier medio o forma, incluyendo gráfico, electrónico o mecánico sin la autorización expresa y por escrito del autor. Se autorizan breves citas en artículos y comentarios bibliográficos, periodísticos, radiofónicos y televisivos dando a la autora los créditos correspondientes. Comuníquese con la autora a: lulajay2010@gmail.com.

Diseño de portada: Maribel Cunalata 2014

Impreso en los Estados Unidos de América
http://www.CreateSpace.com

ISBN-13: 978-1492213000
ISBN-10: 1492213004

Para Neil, Teresa, Daniel, David y Kristen:

Porque el amor y el apoyo familiar hacen que los sueños puedan hacerse realidad.

ÍNDICE

PRÓLOGO ix
CORPUS CHRISTI 11
LAS BABUCHAS DE SU SANTIDAD 15
CAMAS SEPARADAS 19
SEDUCTOR 25
TÉ Y GALLETAS 33
LUNA ROJA 37
DESPEDIDA 41
NAVIDAD SIN NOCHEBUENAS 45
ALMAS GEMELAS 47
SANTERÍA 53
PRÍNCIPE Y MENDIGO 63
SUEÑOS DE ESCRITOR 69
YO YA VOTÉ 75
METAMORFOSIS 79
CABALLEROS DESECHABLES 83

PRÓLOGO

Cuando era niña salíamos a dar la vuelta en la carroza funeraria. Al principio yo era muy pequeña para darme cuenta de que nuestro auto era diferente al de otras familias, y bajando la ventanilla sonreía saludando a cuanta persona encontraba en nuestra ruta.

Las miradas que recibía hacían que la sangre me bajara de prisa hasta los talones y un gran escalofrío recorriera mi cuerpo, como cuando entraba al salón refrigerante donde se mantenían los cadáveres. Al tener edad suficiente para comprender la profesión de mi padre, sentí una gran vergüenza y no quería que nadie me viera en aquel monstruo metálico que dejaba a su paso un halo de tristeza y desolación. Veía el recelo reflejado en la gente del pueblo y por varias semanas me rehusé a salir con mi papá. Con la paciencia de quien está acostumbrado a lidiar con la muerte, me mostró las ventanillas polarizadas que protegían la privacidad de los dolientes y de paso la de su familia. Accedí de nuevo a salir con él, pero siempre acurrucada en el asiento de atrás.

Una vez leímos en la escuela un poema de José María Gabriel y Galán acerca de la hija del sepulturero y los niños del salón se rieron de mí. Desde entonces empezaron a llamarme de esa forma.

Debo aclarar que mi papá era el dueño de una funeraria y nunca fue sepulturero. Aunque el apodo me dolió mucho, no pude deshacerme de él.

No es fácil crecer con la presencia constante de la muerte, quien en mi hogar era la amiga que ponía el pan sobre la mesa. Tendría escasos cinco años cuando un domingo regresando de la iglesia, escuché a mi madre susurrarle a mi padre: "si la muerte no viene, nos quedamos sin comer". Esa tarde me apresuré a preparar un lugar adicional en la mesa y le pedí a la muerte que no nos hiciera el desaire. Mi gesto causó tanta gracia entre los adultos que se convirtió en tradición y desde entonces, ponemos un sitio extra en la mesa todos los domingos.

Y aunque no fue fácil, gracias a la muerte tuvimos una vida holgada. No obstante, mi infancia fue muy diferente a la de otros niños, puesto que el cementerio fue primero mi parque de juegos y más tarde, mi lugar favorito para disfrutar de paz y tranquilidad en la lectura.

Después empecé a ayudar a mi papá y aprendí mucho de la gente. Sé escuchar, oprimir el hombro con mano firme y proporcionar un pañuelo desechable en el momento preciso. Sé hablar entre susurros con una voz modulada y clara que inspira confianza. La gente se acerca a mí y me cuenta sus cosas.

No sé cuándo empecé a reconocer en sus relatos interrumpidos a veces por sollozos, otras veces por risas llenas de nostalgia, una necesidad común en los seres humanos. Todos queremos dejar huella.

Aunque es totalmente cierto que el cuerpo termina en el panteón para volver a la tierra, *"polvo eres y en polvo te convertirás"*, me molesta que la lápida de mármol contenga tan sólo un nombre y dos fechas. ¿Por qué permitimos que una existencia, por corta que sea, quede reducida en algo tan insignificante? Todos dejamos atrás un sinfín de historias por contar. Yo he escuchado muchas, y valen la pena contarse.

He aquí relatos breves tanto de vivos como de muertos y hasta alguno que otro de personajes imaginarios. Por favor, ya no me digan la hija del sepulturero. ¡Soy coleccionista de almas!

A.L.

CORPUS CHRISTI
1964

Relato del padre Renato.

— ¿De verdad me va a dejar hacer mi primera comunión? — la voz gangosa y carente de emoción rebotó contra las paredes despintadas de la capilla del Hospital Central, donde la madre del joven estaba internada.

Rafael, un chico inocente con síndrome de Down, llevaba meses alimentando la ilusión de recibir el pan de los ángeles. Sin mi conocimiento, su anciana madre lo inscribió en las clases de catecismo. Dotado con una increíble memoria, aquel niño de treinta años con una edad mental de siete, sorprendió a todos los catequistas con su gran capacidad de retención. Aprendió el catecismo al derecho y al revés. Podía recitar de un hilo el Oh Jesús Mío, el Credo, el Ángelus y los misterios del rosario. Aún así, cuando me llegó el turno de examinar sus conocimientos tuve mis dudas, pues no me pareció que la criatura de ojos almendrados y labios constantemente entreabiertos comprendiera el milagro del sacramento de la eucaristía.

A sabiendas que causaría una pena muy grande a la madre, me negué rotundamente a que Rafael recibiera la primera comunión junto con los otros niños el Domingo de Resurrección. No tuvo su día especial de camisa blanca almidonada y cirio prendido, ni participó del almuerzo de tamales y champurrado organizado por las Hijas de María.

Me tomé mi tiempo para contestar a Rafael, quien siempre fue un niño sumiso y bastante sociable. Asistía a misa de siete todos los días junto con sus padres, maestros jubilados. Recordé haberlo conocido desde el primer día que celebré misa en mi parroquia. Llegó hasta el altar al lado de su madre, quien venía a recibir la comunión. El mismo fervor reflejado en ambos rostros que, con ojos cerrados y labios entreabiertos esperaban su turno. Después de darle la comunión a la madre, me disponía a dársela a Rafael cuando la mujer jaló de mi sotana.

—No, padre, a él no — susurró un tanto apenada. A partir de ese día, me acostumbré a ver a Rafael a la hora de la comunión y tuve cuidado de no ofrecerle el pan sagrado. Sentí una ola de simpatía por aquel niño atrapado en el cuerpo comprimido de un adulto. Le encantaban las golosinas, sobre todo las obleas sevillanas y coleccionaba en su mente, de circuitos cruzados, una cantidad exorbitante de información innecesaria.

Sabía el nombre, profesión, dirección, teléfono y fecha de nacimiento de cuanta persona conocía, y como rocola descompuesta, escupía el contenido del disco en el instante menos indicado. Tanto gustaba de estrechar la mano de los feligreses al ofrecer la paz durante la misa, que me recordaba a un político en plena campaña electoral y no era raro ver a su madre salir por los pasillos para tomarlo del hombro y regresarlo a su asiento.

— La paz, la paz — ofrecía su apretón sin fuerza pero con entusiasmo —. La paz, Don Hipólito, abarrotero con residencia en la calle Hidalgo # 402. Teléfono 3-20-30, cumpleaños 28 de agosto.

Hace unos años, Rafael quiso ser monaguillo. Era su sueño vestirse con la túnica roja y el manto blanco de los acólitos para deambular por los pasillos del templo con la majestuosidad de los ángeles. Tras semanas de ruegos y súplicas y a pesar de mis reservas, accedí a que me ayudara en la misa de siete donde el número de parroquianos era bastante reducido y casi todos conocían a Rafael. Pensé que cualquier falta que el niño cometiera, le sería perdonada. ¡Ay de mí, qué error tan grande cometí! No tomé en cuenta la maldad humana y sin quererlo, convertí la misa de siete en un circo romano, donde día tras día se sacrificaba al más inocente de mis corderos.

Sin importar qué tarea le asignara a Rafael, éste la llevaba a cabo de forma desmesurada. Le permití sonar la campanilla a la hora de la consagración y en el momento preciso levantó sus cortos brazos, pero los bajó con tal fuerza, que estrelló el objeto contra los escalones del altar. Salió la campanilla rodando pasillo abajo y Rafael detrás de ella gritando a plena voz: "Tilín, tilín. Tilín, tilín."

Cuando le pedí sostener la bandeja durante la comunión, Rafael saludó personalmente a cada uno de los feligreses: "Doña Pepa de la calle treinta. No tiene teléfono pero se le puede hablar a la Farmacia Moderna 2-48-70. La señorita Roberta, soltera. Maestra de escuela particular. Vive en los departamentos arriba del expendio de carne."

En otra ocasión, participó en la comitiva de la exposición al Santísimo como abanderado del estandarte de María. Rafael marchó cual soldado de desfile militar, admirando sus largas faldas rojas y las mangas anchas de su túnica. Golpeaba el asta del estandarte sobre los pisos de mosaico marcando sus pasos y rompiendo la santidad del evento con sus ruidos irreverentes.

Aún detrás de sus buenas intenciones los fieles matutinos empezaron a pasar la voz, y más y más personas venían de curiosos a la misa de siete para ver al niño grande hacer el ridículo. Mis queridos hermanos venían a mofarse y entretenerse a costa de la inocencia de mi pequeño acólito retrasado. Las bancas del templo se llenaban y no era en respuesta a mis fervientes oraciones, sino resultado de la maldad del pueblo.

Le puse un alto a la comedia y Rafael volvió a tomar asiento en una banca lateral al lado de sus padres. Llegaba a diario vestido de monaguillo hasta que el rojo de la túnica se volvió rosa de tanto lavarse.

Regresé de mis cavilaciones al percatarme que Rafael seguía mirándome fijamente. Su madre se debatía entre la vida y la muerte en una habitación contigua a la capilla y yo acababa de ser testigo de una oración ferviente en que Rafael pedía por la salud de su madre. Tanto me conmovió su fe que decidí en el acto permitirle comulgar. Saqué de mi sotana el pequeño sagrario de hostias consagradas que repartía entre los enfermos, y Rafael adoptó la misma actitud ferviente con la cual lo conocí hace ya tantos años.

— Corpus Christi — musité. No dijo *Amén* pero tomó la hostia. Fue así, sin fanfarrias, ni cirios, ni almuerzo de las Hijas de María, que el niño grande de ojos almendrados hizo su primera comunión. Abrió los ojos lentamente y con el mismo tono monótono con que siempre se expresa me dijo:

— ¿No sabrían mejor con cajeta?

LAS BABUCHAS DE SU SANTIDAD
1968
Relato de una vecina.

El corazón de Graciela latía apresuradamente. Tras meses de larga espera, llegó al Vaticano con el vestido lila de sus bodas de oro y un regalo para Su Santidad entre las manos. Una religiosa de hábito negro y rostro amargado, le preguntó con acento español demasiado marcado:

— ¿Boleta para la audiencia?

Bonifacio, el esposo de Graciela, extendió las papeletas nítidamente dobladas.

— ¿Nombre y país de procedencia? —preguntó la monja, eficaz y sin emoción.

— Bonifacio y Graciela Saldívar, de México — contestó el hombre con la misma eficacia.

— ¿Obsequio para Su Santidad? — sin verlos, escribía en su cuaderno unos garabatos.

— Sí, mire, yo con mucho gusto le... — empezó Graciela, mas la monja no le permitió continuar.

— Contestad: sí o no — exigió la mujer dentro del hábito.

— Sí — susurró apenada Graciela.

— Ponedlo aquí — ordenó la religiosa.

— ¿Cómo que ponedlo aquí? — preguntó Graciela indignada, imitando el acento español de su interlocutora —. ¿No se lo voy a dar yo?

La religiosa se bajó un poco los lentes y miró a Graciela con desdén. Ésta le devolvió la mirada en un desafío. La monja, con ojos de rendija amarillentos y una doble papada colgándole desde las mejillas le recordó a Graciela la vieja tortuga que su hija adoptara como mascota tiempo atrás.

— Vaya, no. ¡No le alcanzaría el tiempo a Su Santidad! — repuso la tortuga con impaciencia.

— Pues entonces, no se lo doy — afirmó Graciela ante la mirada asombrada de su marido.

— Como os plazca — contestó sin inmutarse la monja. Normalmente añadía, "Que Dios os Bendiga", pero ya que Graciela no le simpatizó en lo más mínimo, simplemente hizo un ademán de que se movieran.

— ¿Qué hiciste mujer? ¡Con tanta ilusión que tejiste esas babuchas! — exclamó consternado Bonifacio.

— No te preocupes, viejito. A mí nadie me quita el gusto de darle su regalo al Santo Padre.

Acto seguido, Graciela entró a los baños. Desenvolvió las babuchas color lila y las metió bajo las mangas largas de su vestido, también lila. Movió la cabeza desilusionada de tener que actuar en contra del protocolo papal, pero ella misma tejió esas babuchas con tanto cariño, además de que perdió el ojo derecho en un horrible accidente con el hilo.

Ocurrió una tarde mientras tejía y se levantó al oír el timbre. El hilo se atoró entre sus tacones y al intentar zafarlo, perdió el equilibrio y cayó de bruces golpeándose el rostro en la esquina de una mesa de mármol. Cuando volvió en sí, yacía sobre una cama de una habitación múltiple del Seguro Social, y tenía un parche enorme sobre la cuenca del ojo. Este regalo era algo que ella tenía que entregarle personalmente.

Antes de regresar al vestíbulo se miró al espejo. Aunque su rostro apareciera viejo y arrugado por los setenta y ocho años de vida, se sentía fuerte y vigorosa. Miró su vestido lila y suspiró recordando que fue el color favorito de Micaela, el angelito que Dios les prestó por cinco años. Lila la cobija de orillas deshilachadas al fondo del ropero. Lila los lirios que acompañaron a Micaelita en su último descanso. Lila el color del vestido de sus bodas de oro, y lila las babuchas de Su Santidad. El lila nunca más la pondría triste.

Tomados del brazo, el matrimonio llegó hasta el lugar indicado. Cuando el Papa entró, Graciela no pudo contener su emoción. El Santo Padre era un anciano flaquito, insignificante quizá físicamente; sin embargo su afable sonrisa era sincera e irradiaba un aura de santidad y paz a su alrededor.

Al llegar su turno, Graciela se quedó muda y simplemente se arrodilló ante él, le besó el anillo y le tomó la mano con gran fuerza.

¿Podía el Santo Padre, en el breve instante que pasó con Graciela, ver la fe, fortaleza y sufrimiento de esta mujer? Le buscó la mirada, el espejo del alma, y se encontró con un ojo de vidrio sin vida, y el otro azul, nublado por las cataratas y la emoción. Con la mano libre, Su Santidad acarició la rala cabellera de Graciela y sus rizos rojizos se hundieron bajo los dedos huesudos del pontífice. Aún de rodillas, ella sacó de la manga las babuchas tejidas con tanto amor y esmero, y en un susurro, conteniendo los sollozos musitó:

— Para usted, son unas babuchas. Yo misma las tejí con muchísimo cariño.

Asombrado de que la anciana no se hubiera acatado al protocolo papal, el canónigo que seguía a Su Santidad se apresuró a tomar el bulto, y el Papa, sin comprender las palabras, pero sí la intención de éstas, sonrió cálidamente a la anciana. Ese fue el momento en que el fotógrafo capturó la foto del recuerdo. Mostraba a Graciela de rodillas tomando la mano de Su Santidad, y a éste de pie, sonriéndole con gran ternura mientras el secretario, con cara de disgusto, sostenía las babuchas color lila.

— Aquí es cuando le estoy dando las babuchas al Santo Padre. Mira, se las pasó a su secretario para que se las guardara. ¡Vieras cuánto le gustaron! — platicaría una y otra vez a todas sus amigas, mostrando la foto del recuerdo, la cual haría colgar bajo la bendición papal en el vestíbulo de su hogar.

Dedicaron el resto del día a recorrer los museos del Vaticano. Al caer la tarde, el matrimonio Saldívar abandonaba la plaza de San Pedro y Graciela se volvió en la penumbra del atardecer hacia la única luz encendida en el ala lateral derecha del imponente edificio. Según las guías turísticas, aquella ventana correspondía a los aposentos de Su Santidad. Graciela hurgó a tientas en su bolso para tocar la foto, prueba única de su audiencia con el Sumo Pontífice, y sonrió con inmensa alegría al pensar que esa noche los pies del Santo Padre no pasarían frío.

— Seguramente ya se bañó y está leyendo sobre la cama con sus babuchas nuevas — comentó con candor a su esposo, quien sufría tratando de localizar un taxi.

La realidad es que para esas horas, los regalos recibidos, registrados y catalogados en los anales de los visitantes, se habían distribuido de acuerdo a su naturaleza y utilidad; y las babuchas lila que con tanta ilusión tejió Graciela expresamente para el Santo Padre, viajaban en un camión de carga que pasó justo enfrente de ellos con destino a los enfermos mentales del Hospital de Santa María de la Piedad.

CAMAS SEPARADAS
1972

Relato de una hija de Justina.

Eneida llegó a la carnicería haciendo aspavientos para que la vieran sus padres. Lacho y Justina sin volverse, miraron el reflejo de su hija mayor en el espejo de pared a pared que anunciaba las ofertas del día.

—Ya van a cumplir cuarenta años de casados —dijo Eneida sonriente —, y como esa cama que tienen es de dar lástima, entre todos sus hijos queremos comprarles una nueva.

— ¡Que sean camas gemelas! — contestó Justina con premura.

Al escuchar a su mujer, Lacho se volvió con brusquedad y no midió la distancia entre su dedo y el cuchillo que sostenía en la otra mano.

— ¡Chingao! — farfulló mordiéndose el dedo que sangraba profusamente, para luego meterse al baño dando un portazo.

— ¡Ay, mamá! — trató de conciliar Eneida.

— No, m'ija, yo les agradezco el detalle. Es toda una vida durmiendo en ese colchón de borra apestosa.

— ¿Por qué camas gemelas, mamá?

Justina no iba a discutir sus intimidades en público. Dormir con su marido dejó de ser un placer hacía ya mucho tiempo, y como no tenía intención de cambiar de opinión prefirió no decir más para evitar una discusión con su hija y con Lacho, quien regresó con el dedo envuelto en papel del baño.

— ¡Injusta Injustina! ¿Cómo puedes pedir camas gemelas? — exclamó Lacho enfurecido.

La tensión flotaba en el aire. Eneida masculló una disculpa torpe y salió del establecimiento como bólido.

Justina suspiró y fijó la vista en un punto distante de aquel espejo manchado y salpicado de sangre. Tan pronto se casaron, los padres de Lacho les traspasaron el negocio de la carnicería y lo primero que ella hizo fue instalar ese gran espejo de pared a pared sobre la mesa de trabajo. No soportaba ver a su marido manejar los cuchillos con la mano izquierda, y aunque a menudo se arrepentía de tener que limpiar las salpicaduras, prefería observarlo a través del reflejo, ya que él era zurdo y ella nunca se acostumbró a verlo según sus palabras, "haciéndolo todo al revés".

Buscó vestigios de su matrimonio ocultos en las imágenes guardadas por el fiel espejo a lo largo de cuarenta años. No encontró ninguno de sus sueños románticos de adolescente, ni de la pasión de los primeros años de matrimonio. Lo único que el espejo le regresó con crueldad inusitada, fue su mirada cansada y severa, las patas de gallo, la doble papada, el cabello lacio, ya sin lustre y un esposo tan viejo y acabado como ella; y peor aún, porque Lacho estaba calvo, panzón y chimuelo. ¿Cuándo pasó de ser el amor de su vida a compañero de trinchera? Fueron muchos años de lucha hombro con hombro para mantener el negocio a flote, y la relación matrimonial que soñó en su juventud sucumbió al peso de la crianza de cinco hijos, se perdió por el camino del tiempo, y quedó empolvada bajo el cansancio de largas jornadas de trabajo. Al caer la noche, el único deseo de Justina era el descanso, y la verdad, el maldito lecho conyugal no tenía nada de lecho y sí mucho de yugo.

Eran casi cuatro décadas de pelear su derecho a los cobertores, de oírlo roncar, de sentir cada movimiento y resoplido, de despertarse cuando él se levantaba a orinar, de escucharlo hablar entre sueños. Toda una vida de mal dormir y Justina anhelaba un respiro. Las camas gemelas no lo arreglarían todo, pero a su modo de ver, mejorarían la situación.

Lacho y los hijos hicieron campaña para convencerla que una cama tamaño *Queen* sería mucho más cómoda, pero ella no dio su brazo a torcer.

— Yo quiero camas gemelas, si no, mejor no me den nada.

Y llegó la fecha de entrega. El par de camas gemelas venía con juegos de sábanas satinadas y colchas de hilo tejidas a mano por las monjitas de San Juan de los Lagos. Al quedarse solos, Justina sintió que el Cristo del crucifijo de madera tallada en Janitzio, el mismo que ella colgara de la pared el día de su boda, los observaba con cierta sorna.

La mujer escogió la cama del lado de la ventana y trató de hacerle plática a su marido.

— Mira qué suavecitos están los colchones, Lachito.

Su esposo no respondió y Justina optó por entrar al baño a cambiarse de ropa. Regresó a los pocos minutos y se encontró al marido tumbado en la otra cama con los ojos cerrados.

— Buenas noches, Lachito — susurró acercándose a su marido y se inclinó para darle un beso maternal en la frente.

Sentía tal emoción con su cama nueva y su reciente libertad que no pudo conciliar el sueño. Podía moverse sin temor a encontrarse con las rodillas huesudas de Lacho y los cobertores, todos para ella.

La comodidad de las sábanas frías y el encontrarse sola en una cama después de tanto tiempo, la llenó de una sensación de tranquilidad. La misma con que dormía en la cama de la abuela cuando le visitaba de jovencita. Su mente vagó a aquella madrugada muchos años atrás, cuando despertó ante un ruido extraño. Al asomarse por la ventana distinguió entre las sombras la figura esbelta de Lacho, el hijo del carnicero, arrastrando con decisión un ternero. La pobre bestia berreaba sin tregua presagiando su final en el matadero.

Justina, llena de curiosidad, cubrió su camisón de manta deshilada con el chal de lana de su abuela, y salió de la casa siguiendo a distancia los pasos del muchacho, quien enfiló hacia al corralón detrás de la carnicería.

Ajeno a que era observado, el joven procedió a cortar con golpe certero la yugular de la bestia y luego, con paciencia, vertió la sangre en un recipiente para preparar morcilla. Con incisiones firmes y concisas comenzó a desprender la piel del animal, pues mientras más grande la pieza, mejor la pagaría el curtidor.

Justina se cubría la boca con las manos para no gritar y no era que la sangre le aterrara, era que el joven empuñaba el arma con la mano izquierda, y a pesar de su evidente destreza, a ella le parecía que todo lo hacía al revés y en cualquier momento podría sufrir un accidente. No pudo evitar un suspiro de alivio cuando él dejó descansar la herramienta sobre una piedra.

Lacho la escuchó y levantó la vista. Los ojos de ambos se encontraron por primera vez. La incipiente luz del alba envolvía la silueta de la muchacha en un halo místico. Con el viejo chal sobre los hombros, ojos brillantes de emoción y mejillas encendidas por la agitación, aparecía como un ángel. El joven se enamoró de ella en ese momento. La sangre del ternero selló nuestro amor, solía decir él.

— Justinita ¿Estás despierta?

El susurro de Lacho desde la otra cama la regresó al presente, pero no contestó. Oyó unos pies descalzos cruzar el espacio entre las camas gemelas y sintió el cuerpo de su marido meterse entre las sábanas. Tuvo que moverse y quedó casi colgando contra la orilla de la estrecha cama.

— No puedo dormir si no estoy contigo — musitó Lacho abrazándola, jalando los cobertores y aclarándose la garganta.

El rostro de Justina se contorsionó en una mueca de frustración que su marido no vio en la oscuridad. A partir de esa noche, Lacho cruzaba el corto espacio entre las camas gemelas para dormir con su mujer, y la pobre vieja empezó a soñar constantemente con un ternero berreando sin tregua, presagiando su final en el matadero.

Bertha Jacobson

SEDUCTOR
1980

Relato de Domingo, amigo de Conrado.

El cuarto sábado de abril de 1980, Conrado Varela despertó más temprano que de costumbre. Estiró los brazos y las piernas sonriendo para sus adentros y sintió un placer casi erótico al pensar en Leticia Páez. Si sus planes salían según lo previsto, esa noche la tendría entre sus brazos.

Trajinó como nunca, limpiando y arreglando con esmero desmedido el pequeño duplex que alquilaba dos millas al noroeste de la universidad. Cantó "Las Bodas de Fígaro" a todo pulmón junto con el tocadiscos a la vez que mudó las sábanas, aspiró los corredores y sacudió las esquinas más recónditas de su librero, donde encontró el "Corazón Púrpura", prueba tangible de su heroísmo en Vietnam. Le sacó brillo y lo puso en un lugar visible. La admiración de las chicas siempre crecía al enterarse que era veterano. Si tan sólo supieran la verdadera historia de los acontecimientos, el ultraje que cometieron y la violencia innecesaria, ninguna estaría tan impresionada.

Aún más valioso que el "Corazón Púrpura", era para él la beca de veterano otorgada por el gobierno para asistir a la universidad. Tenía treinta años cumplidos y cursaba el cuarto semestre en la facultad de ingeniería en la universidad fronteriza, donde conoció a Leticia, una chica provinciana de México con figura de muñequita de porcelana y unos ojos grandes de un verde tan intenso que parecían de jade. Leticia y él coincidieron en un grupo de estudio y en cierto modo, él la tomó bajo su tutela. Leticia era sumamente inteligente pero apenas hablaba inglés y se las veía duras para sacar buenas notas. Sin embargo, una vez que Conrado le explicaba los conceptos en español, la chica resolvía los problemas matemáticos en un abrir y cerrar de ojos.

Leticia no tenía carro y Conrado llegaba a recogerla con frecuencia. Fue así que se fueron conociendo y él empezó a sentir una gran atracción hacia ella. A las pocas semanas la atracción pasó a ser un capricho, y luego una obsesión. Tenía la seguridad que la chica de escasos veinte años era aún virgen, pues se ruborizaba ante las bromas pesadas de los compañeros, y a leguas se distinguía su cuna burguesa y el ambiente provinciano de sobreprotección en que creció rodeada de sus padres, tíos, abuelos y un sinnúmero de parientes.

Con Leticia no podría ser directo y decirle: "te deseo", como hacía con las muchachas alocadas que conocía en las discotecas. Tras una noche de bebida y baile, el deseo carnal mutuo quedaba satisfecho en cualquier hotel de paso. El juego con esta niña tenía otras reglas y debía jugarse como partida de ajedrez. Atraerla con finura, sin asustarla y hacerla caer en sus redes de tal forma que todo pareciera natural. Venía planeando este evento semanas atrás y la emoción del juego de la seducción lo tenía frenético.

A las cuatro de la tarde la llamó. Contestó Yolanda, una joven curvilínea de pechos frondosos a quien también tenía en la mira, pero por el momento no iba a arriesgarse a jugar las dos al mismo tiempo. Yolanda tendría que esperar. La voz de Leticia llegó del otro lado de la línea, casi sin aliento.

— ¿Qué haces? — preguntó él.

— Hola, vengo corriendo de la lavandería, las máquinas han estado ocupadas toda la mañana.

— Tengo que hacer unos mandados y de allí voy a pasar al laboratorio de computación. Podemos adelantar un poco la tarea. ¿Quieres venir?

— ¿Tarea en sábado?

— Precisamente porque todos piensan como tú, no habrá nadie en el laboratorio y terminaremos más rápido. Si esperamos hasta el lunes nos tardaremos el doble con el tiempo de espera.

— Tienes razón. ¿A qué horas vienes?

— ¿Cinco y media?

— Aquí te espero.

***

El Alfa Romeo convertible modelo 1966 se estacionó frente al departamento de Leticia. El cuerpo alto de Conrado, quien medía más de dos metros, alcanzó la puerta en tres zancadas. Leticia lo recibió con la mochila de lona al hombro. Iba vestida con vaqueros, tenis y una camiseta de manga corta. No tenía ni una gota de maquillaje. Él hubiera preferido verla en aquel vestido blanco de algodón ceñido que revelaba la delicada figura femenina y le permitía admirar las piernas bien torneadas de su compañera de estudios.

— Y tú, ¿por qué tan acicalado? — preguntó Leticia al verlo enfundado en pantalones cafés con cinturón de piel, camisa blanca almidonada y zapatos de vestir.

— Ya no tenía ropa limpia — Conrado se encogió de hombros y se acercó para tomar la mochila de Leticia.

— Uy, mira al catrín, también se puso loción — bromeó Leticia al percibir su colonia.

El auto rojo tomó la autopista y aumentó la velocidad. Con el toldo abierto, Conrado y Leticia se dejaron acariciar por el viento.

— ¡Me lleva! No traigo mi credencial estudiantil — exclamó Conrado con fingida sorpresa al tomar la salida para entrar a la universidad.

— ¿En serio? No te dejarán usar las computadoras.

— Tendré que regresar a la casa, ¿me acompañas?

— Mejor déjame en el laboratorio y le voy avanzando.

Conrado movió la cabeza. No tenía intención alguna de dejarla allí, mucho menos de poner un pie en el laboratorio esa tarde.

— Acompáñame, Leticia. Así empezamos al mismo tiempo y nos podemos ayudar.

— Bueno, pero ¿sabes qué? Quiero regresar a la casa antes de las nueve. Está aquí una amiga de México, vino de compras y vamos a vernos más tarde.

— Es muy temprano aún, no te preocupes. Estarás en casa a tiempo — mintió Conrado mientras su mente empezó a maquilar la forma de retenerla. Su plan era pasar la noche con ella y disfrutar de su cuerpo, fruta fresca, una y otra vez.

Aparcó el auto y Leticia no hizo ningún intento de bajar.

— ¿Vienes?

— No, gracias. Aquí te espero, ¿te vas a tardar?

Conrado se exasperó un poco, ¿por qué tenía que ser tan rejega?

— Está haciendo mucho calor. Ven, bájate. Pasa a conocer mi casa.

— ¿Y tu esposa, está aquí? Rebeca me contó que estás casado con una chica muy guapa de España.

Conrado sonrió nervioso. Rebeca, tan presta a dar información no hacía sino complicar su plan. Seducir a Leticia no iba a ser fácil, con lo fresa que era. Ahora, conociendo su estado civil, la situación se ponía todavía más difícil. Fijó la vista en Leticia quien lo miró con esos ojos verdes inocentes de mirada casi infantil y por un instante, confundió su rostro con otro de su pasado. Volvió a ver el terror de una joven vietnamita gritando y llorando bajo sus garras. La ansiedad se apoderó de él, ya que su deseo se sobreponía ante la sensatez. Así tuviera que usar la fuerza, se saldría con la suya.

— Precisamente ayer la llevé al aeropuerto — le dijo la verdad —. Inés fue a pasar una temporada con sus padres en Galicia.

Leticia dudó un instante pero Conrado no le dio tiempo de hacer más. Tomó la mochila del asiento de atrás y le abrió la puerta del auto.

— Si no nos vamos a tardar, ¿para qué bajas la mochila?

— Con el capacete abajo es mejor no dejar tentaciones aquí — introdujo la llave en la puerta y tomando del brazo el objeto de su propia tentación, la condujo al interior del edificio.

Un aroma a incienso y música romántica les recibió en el vestíbulo. En el comedor, la mesa estaba dispuesta con una vajilla de porcelana china y copas de cristal. Adentro de una hielera de plata, se enfriaba una botella de *champagne* sin descorchar.

— Guau, tú casa parece decorada como de revista, ¿así la tienen siempre, con la mesa puesta aunque no tengas invitados?

La mesa está puesta para ti, linda. Pensó Conrado perplejo, preguntándose si Leticia era tan inocente como para no darse cuenta de la situación.

— Tu esposa debe ser una mujer muy especial y detallista, ¿tienes alguna foto de ella?

— Hay una foto de ella en la recámara.

La condujo por un pasillo angosto hasta la pequeña alcoba con la cama matrimonial. Si ya sabía que era casado, ¿para qué fingir? Sacó del armario la foto de boda que había descolgado esa misma mañana, desde la cual una belleza de cabellera negra y abundante, con rostro angelical, sonreía detrás del cristal.

— ¡Qué linda muchacha! — Leticia admiró la imagen —. Realmente tienes mucha suerte. Haber regresado ileso de la guerra y tener una esposa tan hermosa. Yo que tú, le daría gracias a Dios todos los días.

— En realidad no nos llevamos tan bien. Inés decidió poner distancia por un tiempo; por eso se fue. No sé qué vaya a pasar con nosotros — mintió con expresión compungida.
— Lo siento mucho, Conrado. Ojalá se arreglen las cosas. Hacen una pareja muy bonita.
Regresaron a la sala y Conrado se dejó caer sobre el sillón. Ella se sentó en un sofá del otro lado de la mesa de centro.
— La verdad, no tengo ánimos ni de estudiar, pero no quería estar aquí solo.
— No te preocupes, la tarea puede esperar; tenemos toda la semana para hacerla.
— ¿Me acompañas con una copa?
— Yo no tomo, Conrado. Muchas gracias. Pero tómate algo tú, si eso te ayuda a sentirte mejor.
Se sirvió un escocés con hielo, y al regresar tomó asiento al lado de la chica. Suspiró y empezaron a charlar. Conrado contó verdades a medias, conmiserando su suerte y degustando la bebida poco a poco.
Cuando él guardó silencio, ella le dio unas palmaditas en el brazo con simpatía y Conrado se apresuró a tomarle la mano. Empezó a acariciarla. Los ojos de ella brillaron tan sólo por un instante pero muy quitada de la pena, recuperó su mano y se puso de pie.
— Ya verás que las cosas se van a arreglar.
— Es bueno tener una amiga para desahogarme. A veces me siento tan solo.
— ¿Sabes qué es lo que hago con mis compañeras de apartamento cuando extrañamos a nuestras familias? Nos vamos a tomar una nieve — asumiendo el control de la situación, Leticia apagó las velas y el estéreo y haciendo caso omiso del *champagne* sobre la mesa del comedor, recogió su mochila. Tomó las llaves del auto y declaró terminante —: vámonos, yo manejo.

Conrado se puso de pie y se acercó a ella. La chica apenas le llegaba al hombro, no sería ningún problema someterla. Sin embargo, la confianza que leyó en su mirada lo hizo contenerse. Respiró profundamente y retrocedió un paso.

— Discúlpame un momento — musitó Conrado y se dirigió al cuarto de baño.

El hombre miró su reflejo en el espejo. Leticia no mostraba el más mínimo interés en él como hombre. A pesar de sus avances, no pudo lograr que la chica mordiera el anzuelo, ¿sería posible que todavía existiera una criatura tan inocente? Quizá fuera mejor descartar la idea y dejarlo pasar. La pasión lo consumía, pero tomó conciencia de que sus actos tendrían repercusiones demasiado serias. Usar la fuerza con Leticia no sería lo mismo que con aquella joven. Existía un vínculo de amistad entre ellos, además ya no estaba en zona de combate. No podía ser tan estúpido como para arruinar su futuro dejándose llevar tan sólo por un deseo carnal no correspondido. Se sentó sobre el borde de la tina y cerró los ojos. No supo cuánto tiempo estuvo allí, hasta que escuchó la voz de Leticia del otro lado de la puerta.

— Conrado, ¿estás bien? Me tienes preocupada.

El deseo de seducción se convirtió en ternura, y no pudo sino reírse de sí mismo. Se puso de pie y abrió la puerta.

***

Eran las once de la noche cuando Conrado entró a la discoteca para reunirse con Domingo, un amigo del ejército. Pidió un escocés y se lo empinó de un tirón.

— ¿Qué onda, Conrado? ¿Tuviste suerte con la güerita de México?

— ¿La güerita? ¿Qué te pasa? Después te cuento. No es sino una niña y con ella es otra cosa. La llevé a tomar una nieve y nos despedimos. Tú sabes que a mí me gustan las hembras de verdad.

Conrado oteó el local como un lobo, husmeando para descubrir a su próxima conquista. El *champagne* y la casa limpia, no se iban a desperdiciar.

TÉ Y GALLETAS
1984
Relato de Edna Catalina.

— ¡Es tu padre y debes respetarlo! — la palma de Dolores Palafox se estrelló con rabia en el rostro juvenil de María Ester Cantú, quien se llevó la mano a la mejilla encendida por el golpe y miró a su madre con infinito rencor. Los ojos se le llenaron de lágrimas de ira, e ignorando al hombre que permanecía impávido, de pie junto a su madre, salió de la habitación dando un portazo. En el pasillo se encontró con su hermana menor, Edna Catalina, cargando una charola con té y galletas finas. Intercambiaron una mirada de lástima mutua y María Ester apuró el paso. No podía permanecer ni un minuto más en esa casa.

Conduciendo su auto deportivo, regalo del padre por haberse graduado de preparatoria dos años atrás, María Ester vagó por la ciudad sin rumbo fijo. Cuando se estacionó para calmarse, reparó en que estaba justo afuera del edificio del colegio particular donde había cursado todos sus estudios, desde primero de primaria hasta graduarse de la preparatoria.

Sus recuerdos volaron a aquel primer día de clases tantos años atrás, cuando descubrió que su familia no era lo que ella pensaba.

Se vio de nuevo enfundada en un uniforme de manga larga color azul marino con cuello blanco almidonado. Sus choclos negros olían a grasa para calzado y le producían náuseas. Las niñas de la clase se miraban unas a otras midiéndose, reconociéndose. En el pupitre de enseguida, una niña pecosa con cabello rizado le sonrió con simpatía. La maestra empezó a pasar lista.

— Ester Alicia Cantú Góngora.
— ¡Presente! — dijo la niña pecosa. Maria Ester le sonrió, ¡eran tocayas! Ella se llamaba Ester por su abuela paterna, tendría que preguntarle a su nueva compañerita si a ella también le habían puesto Ester en honor a algún pariente.
— Maria Ester Cantú Palafox.
— ¡Presente! — respondió María Ester con energía.
— ¿Son primas? — preguntó la maestra.
La niña pecosa se puso de pie como impulsada por un resorte y su semblante palideció. Dirigió a Maria Ester una mirada de desprecio y tomó su mochila para cambiarse de lugar mientras respondía:
— No, señorita. No somos primas. Esta niña es hija del pecado.
Un silencio sepulcral llenó el aula de clases. Las palabras de la niña no eran propias de su edad, repetía lo escuchado una y otra vez en su casa desde que tenía uso de razón. Todos los niños Cantú Palafox, cinco en total, eran hijos del pecado.
En ese momento, María Ester Cantú Palafox, media hermana de Ester Alicia Cantú Góngora se convirtió en la paria del grupo.
Cuando llegó a su casa llorando, y entre sollozos contó a su madre lo sucedido, Dolores Palafox adoptó un aire ofendido, levantó el rostro con orgullo y contestó:
— Tienes el mismo derecho que ellos para asistir a las mejores escuelas.
— ¿Qué quiere decir hija del pecado, mamá? — le suplicó entre lágrimas.
— No les hagas caso, no saben lo que dicen — respondió Dolores Palafox —. Tú no eres hija del pecado, eres hija de un gran amor.
Pero sin importar lo que dijera su madre, María Ester Cantú Palafox vivía en una ciudad provinciana donde todo era secreto a voces. Desde ese día empezó a

reconstruir su historia, y lo que descubrió le dejó cicatrices emocionales muy profundas.

Su padre fue siempre una figura distante. Aparecía por la casa un par de veces por semana y la madre lo recibía vistiendo sus mejores galas. Arreglaba a los cinco hijos con gran esmero y los sentaba frente al padre en la sala de la casa como si se tratase de una visita importante. Siempre le ofrecían té y galletas de repostería fina. María Ester no podía recordar alguna ocasión en que se hubiera sucedido un abrazo espontáneo, un juego cargado de risas o una plática informal. Después de pasar unos momentos con los hijos interrogándolos acerca de la escuela o cualquier conversación sin importancia, el padre los mandaba a jugar al jardín mientras la pareja se recluía en el dormitorio, donde pasaban el resto de la tarde a puerta cerrada.

Recordó que en múltiples ocasiones, la abuela materna venía a visitarles y Dolores Palafox desaparecía por varios días. A su regreso se veía resplandeciente luciendo joyas costosas y un guardarropa nuevo con lo último en la moda europea. Traía muchos regalos para cada uno de los cinco hijos, y les decía que eran de parte del padre, pero el gran señor jamás se tomó la molestia de entregárselos personalmente.

Muy a su pesar, María Ester Cantú tuvo que aceptar que jamás vio a su madre más feliz que cuando regresaba de aquellos viajes de tiempo robado con su amante.

La abuela paterna por su parte, los recibía a regañadientes tres veces al año: el día de su cumpleaños, el día de las madres y para Navidad. Un chofer uniformado recogía a los cinco niños Cantú Palafox muy tempranito por la mañana y los conducía a la antigua mansión de la abuela, construida a principios de siglo en un terreno inmenso, delimitado por álamos centenarios.

Entraban por la puerta de servicio y se encontraban con su abuela y su padre para desayunar en un amplio comedor, donde una mesa larga de ébano tallado y suntuosamente ornamentada les esperaba para la ocasión. Tras soportar la sarta de reproches de la abuela, quien les reprendía por la mala postura y la falta de buenos modales, producto de la mala sangre, María Ester Cantú terminaba vomitando en un baño de piso de mármol blanco que había debajo de la gran escalera de caracol. Se despedían formalmente de la abuela y escoltados por el chofer, salían de nuevo por la puerta de servicio mientras que el resto de la mansión bullía con el ruido de los preparativos para la fiesta nocturna, a la cual asistían familiares y amistades. Por supuesto, Dolores Palafox y sus cinco bastardos nunca fueron invitados.

Durante esos años de su infancia y adolescencia le era imposible comprender aquel amor incondicional y sin límite que su madre le prodigaba a su padre. Cuando pequeña se prometió que pasara lo que pasara, no permitiría que sus hijos fueran marginados e insultados y sufrieran al igual que ella. Sería mejor no ser madre. Ahora, ya no se sentía tan segura.

Regresó de sus cavilaciones y se limpió el rostro con un pañuelo de lino. Encendió el motor y regresó a su departamento. Octavio no tardaría en llegar. Se arregló con esmero. Aplicó maquillaje a los ojos para ocultar los estragos del llanto pero no pudo hacer nada para disimular el moretón que ya le brotaba en la mejilla.

Puso en la sala la charola de té con galletas finas. Octavio entró y la envolvió en un tierno abrazo.

— ¿Hablaste con tu esposa? — preguntó María Ester con un cosquilleo de nerviosismo en las entrañas.

— Todavía no — respondió él acariciándole la mejilla —. Acaba de dar a luz y no me parece conveniente, pero no te preocupes, lo haré muy pronto. ¿Nos tomamos el té?

Maria Ester se llevó la mano al vientre. Aún no se notaba su embarazo. En ese momento, comprendió la decisión de su madre.

LUNA ROJA
1988

Relato de una joven desconocida.

Caminaron la noche entera en el monte, entre matorrales y espinos al amparo de una luna llena color carmesí. La niña preguntó cuándo llegarían a Estados Unidos. Ya estamos en Estados Unidos, le dijo su padre tomándola de la mano. ¿Dónde están las cosas tan bonitas que me contaste? Primero tenemos que llegar a la ciudad. ¡Chitón! Apresuren el paso y no se queden atrás, resopló el coyote en un susurro ahogado. La noche dio paso a un nuevo día y el amanecer vistió de gala el horizonte. La niña reflexionó en la presencia obstinada de la luna rojiza que parecía negarse a ceder el escenario al señor sol. Fue perdiendo los tonos escarlata y la niña la imaginó encogiéndose de hombros segundos antes de perderse detrás de los cerros. A lo lejos divisaron una vieja choza abandonada. La niña suspiró aliviada, apenas podía sentir los pies después de haber caminado la noche entera. El grupo de migrantes caminó en silencio en fila india con la mirada fija en el santuario que se burlaba de ellos apareciendo y desapareciendo entre las lomas como un espejismo. Al llegar, el coyote abrió la puerta con un puntapié y les hizo señas para que entraran. Tendremos que esperar a que anochezca para poder continuar, dijo sin emoción. El grupo contaba con una docena de varones cuyas edades variaban entre los diecisiete y los treinta años, un par de hombres de edad madura y la niña, que apenas andaría por los trece. Siendo la más pequeña y la única mujer, automáticamente se convirtió en la consentida del grupo. La mimaron en lo que pudieron y bromearon con ella como si fuera la hermanita menor de todos, admirando su valentía por aventurarse a cruzar la frontera a pie.

Aunque viniera acompañada por su padre, la jornada era sumamente peligrosa. La casucha tenía tan sólo un cuarto grande desprovisto de muebles, y un pequeño baño de donde emanaba una horrible pestilencia. Apoyados en un rincón, encontraron un tambo de agua fría y una cazuela de frijoles recién cocidos. La niña supuso que el coyote no trabajaba solo y que otros sabían de su paso por el monte. Tras saciar el hambre y la sed, se quedaron sentados en un círculo sin nada que hacer. Tendrían que esperar el paso de las horas de luz y que llegase el anochecer para reanudar la caminata entre las sombras de los matorrales. Valente, el más gracioso del grupo, chaparrito y con ojos risueños, tenía puesta una camiseta que decía: *"Aquí me tienes, ¿cuáles son tus otros dos deseos?"* Es mi camiseta de la suerte, le contó a la niña. Aburrido con la larga espera que tenían por delante, sacó un juego de cartas e invitó a otros tres jóvenes a una partida de póquer. La niña no sabía jugar pero los miró divertida. Cállense pendejos, no estamos de fiesta, vociferó el coyote nervioso cuando escuchó un helicóptero merodeando la zona. Y acuérdense babosos que si nos agarra la migra, yo soy un pollo, igual que cualquiera de ustedes. Presta acá. Arrebató las cartas a los jóvenes y con furia empujó a Valente hasta el piso. Sepárense y a callar, que esto no es un juego. Los muchachos obedecieron y se dispersaron. El tedio de la espera y el agotamiento de la larga caminata se apoderaron del cuerpo de la niña, quien descansó la cabeza sobre el regazo de su padre. Fijó la mirada más allá de la ventana empolvada. Bajo un cielo malva el sol ascendía con gran lentitud en el firmamento. Las sombras fueron cambiando dentro del cuartucho, donde reinaba un silencio sepulcral interrumpido únicamente por el canto lejano de las cigarras y el ronronear distante de los helicópteros de la patrulla fronteriza. De pronto, un terrible dolor invadió el vientre de la niña y una punzada le atravesó la espalda. Sin saber si era agotamiento físico o si el escaso alimento le había sentado mal, prefirió no decir nada. Contuvo las náuseas e intentó distraerse observando a sus compañeros de jornada. Un par de ellos se tiraron al suelo para dormirse mientras que otros, contagiados por el nerviosismo del coyote, se dedicaron a actividades triviales sin reparar en la mirada profunda de la niña que seguía cada uno de sus movimientos. El chico del paliacate rojo se despojó tanto del calzado como de unos calcetines percudidos y agujerados y procedió a darse masaje en unos pies callosos de uñas maltratadas. El de la cachucha de los *Yankees* comenzó a arrancarse uno por uno, los vellitos del antebrazo. Aquel alto con la cara marcada de espinillas utilizó el meñique para espulgarse los oídos y después probar el fruto de su trabajo. La temperatura dentro de la casucha iba en aumento con el paso de las horas. Los rostros adquirieron un lustre cerúleo y las ropas se les pegaron a los cuerpos sudorosos. El aire se tornó denso. Pequeñas gotas que parecían hechas de cristal comenzaron a correr por las sienes de los indocumentados y la niña trató de adivinar cuánto tiempo tardarían en golpear el suelo. Se imaginó a sus compañeros de viaje derritiéndose gota a gota como paletas de hielo dejando tras de sí simplemente un montón de ropa vieja, sucia y arrugada sobre el piso empolvado. El tiempo pareció haberse detenido, pero la niña sabía que seguía su curso pues de vez en vez, el dolor de su vientre se acentuaba. Los frijoles surtieron su efecto y las explosiones flatulentas no se hicieron esperar. Algunos contenían la risa y dos de los culpables le guiñaron el ojo a modo de disculpa. Sofocada y asqueada, la niña tan sólo deseaba una bocanada de aire puro. Recordó una ramita de romero que recogió durante la caminata nocturna, y supuso que el aroma le regalaría un poco de la frescura que en ese momento le era absolutamente necesaria. Movió la mano hacia el bolsillo de sus pantalones color caqui. Súbitamente, con brusquedad, la niña sintió que su padre la levantó en vilo y la llevó hasta el baño. Se despojó de su camisa con tal urgencia que los botones saltaron por todos lados. Enróllate la camisa en la cintura, te llegó eso de las mujeres, susurró al oído de su hija, quien le miró sorprendida por lo imprevisto de sus actos. ¿Qué cosa es eso? Titubeó. El ciclo de la luna roja, hija. ¿Es la primera vez? Preguntó el padre. La niña no contestó; recordó la amargura en las palabras escuchadas de boca de su madre: el ciclo de la luna roja, la maldita menstruación es nuestra cruz. Llega con dolores y bascas una vez que te vuelves mujer. Mujer para servir de hembra, mujer para parir, mujer para quedarte llena de chiquillos y sola porque ellos siempre se van; siempre pa' el otro lado. La niña se miró el pantalón manchado y sintió morirse al comprender su situación. Es la primera vez, respondió y empezó a sollozar. No venía preparada, ni siquiera una muda de ropa llevaba consigo. ¿Qué voy a hacer? El padre se rasgó la camiseta mojada en sudor y la cortó en tiras largas. La niña lo miró hacerlo sin decir palabra y el padre regresó al cuarto grande. Cuando la niña tomó su lugar nuevamente al lado del padre descamisado, el corazón le latía con tal fuerza que temió se le saliera del pecho. La camisa amarrada a la cintura escondía con torpeza la mancha y la niña sintió todas las miradas sobre ella. Miradas de reojo, miradas disimuladas, evasivas. Nadie se atrevió a mirarla de frente ni a guiñarle el ojo. Un gran escalofrío le corrió el cuerpo al reparar en que ya no era la pequeña protegida de estos jóvenes indocumentados, se había convertido en mujer.

DESPEDIDA
1992

Relato que me llegó en una suave brisa matinal.
Soy un roble viejo de tronco hueco y ramas torcidas. En un tiempo fui parte de una bella arboleda pero con la excusa de urbanizar la zona, talaron a todos mis hermanos. Sierra en mano y a punto de derribarme, un obrero de corazón noble reparó en mis copas llenas de nidos.

"Tienes suerte," susurró y convenció a sus superiores para que me dejaran en paz.

Fue así que quedé clavado a la vera de esta gran avenida. Estoy situado en una curva pronunciada, y a menudo me encuentro con conductores distraídos que tienen que virar el volante repentinamente para evitarme.

Mis días corrían apacibles. Me entretenía con el tránsito incesante y disfrutaba de los rayos del sol y las visitas ocasionales del viento o la lluvia. Protegía los nidos de las aves que habían salvado mi vida, y mi deleite era escuchar el perpetuo canto de los críos aguardando ansiosos el regreso de la madre.

Hace casi un año que sucedió la desgracia y desde entonces mi tranquilidad se ve mermada por la presencia constante de Leonor. Vino y colgó una cruz de hierro forjado en una de mis ramas, la cual rechina al mecerse con el viento, y se ha convertido en un yugo que me obliga a recordar.

Leonor viene a menudo y cuando no lo hace, busco su rostro dentro de los autos que pasan a gran velocidad. De tanto esperarla, ya reconozco el ruido de su automóvil. La escucho dar la vuelta en la esquina y percibo los pasos trémulos que se arrastran sobre el pasto. Antes de ver su figura, puedo sentir en el aire la amargura de su aflicción.

Hoy ha llegado con flores. Se arrodilla a corta distancia de mí y extiendo mis ramas para abrazarla, pero no me atrevo. Mientras Leonor remueve la tierra, las lágrimas corren libremente por sus mejillas. En cuanto caen al suelo se filtran en la tierra y mis raíces absorben el líquido salino en un instante. Son tantas las lágrimas que ella ha vertido y yo he bebido en sacrificio. Más que nada en el mundo, quisiera poder consolar a esta mujer tan desdichada.

Con la ayuda del viento dejo caer dos o tres de mis hojas para acariciar el rostro de Leonor, quien levanta la vista. En ese momento un pájaro aletea sobre mis ramas, y Leonor le sigue con la mirada. Repara por primera vez en mis nidos y media sonrisa asoma a su rostro melancólico. Ha estado tan sumida en su propia tragedia que nunca ha pensado en mi dolor. Soy tan sólo el objeto de su desventura. Pero hoy no detecto ese rencor perenne en su mirada.

"¡Me has robado a mi hija!" Gritó aquel domingo lluvioso de hace casi un año. Totalmente fuera de sí, se golpeaba la cabeza contra mi tronco. Yo estaba tan perturbado como ella, pero Leonor en su dolor no advirtió mi congoja ni las quemaduras en el lugar donde el automóvil se estrelló.

Una gran tormenta azotaba la ciudad. La potente lluvia disminuía la visibilidad hasta el punto en que ésta era casi nula. Apenas vislumbraba las luces de los carros tomando la curva con precaución para evitarme. Como en cámara lenta, observé a la niña perder el control de su vehículo. Un relámpago le iluminó el rostro y el terror reflejado en sus pupilas quedó plasmado en mi memoria. Sentí el golpe de súbito y no tuve tiempo para amortiguarlo con mi follaje. El rostro de la niña quedó muy cerca de mí. Por breves instantes que parecieron eternos, nos miramos cara a cara y ella comprendió que era el final.

"¡Quiero a mi mamá, no quiero morir!", exclamó su espíritu agitado, negándose a aceptar la realidad. "¡Soy muy joven aún, tengo mucho por vivir!"

El equipo de rescate llegó y luchó bajo condiciones adversas para liberar el cuerpo de la niña atrapado entre el metal torcido. Al ver que no había nada más por hacer, la colocaron sobre el cemento mojado. La ambulancia se marchó aullando la frustración de sus ocupantes y la niña se quedó allí, tendida sobre el asfalto frío e inhóspito. Muchos recuerdan aquel horrible accidente por los contratiempos que causó en el tráfico, mas no por la gran pérdida que Leonor sufrió ese día. La niña, su niña, se moría bajo la lluvia y yo, testigo mudo de la lucha interna de la pequeña, fui incapaz de hacer nada por ayudarla.

El patrullero que se quedó de guardia le cerró los ojos con gran ternura y la tapó con una lona sucia que llevaba en la cajuela de su vehículo. El tráfico se restableció a paso lento. Los curiosos miraban un bulto cubierto, unas luces de bengala y un patrullero fumando sin tregua, protegido bajo un gran paraguas.

Nadie, salvo yo, percibió la gran sacudida por debajo de la tela. Primero pensé que era el viento, pero no, era el espíritu que intentaba de nuevo habitar el cuerpo inerte.

"No me cierren los ojos," suplicó. "Quiero vivir, quítenme esto de encima."

"¡Mamá!" Lanzó un grito desgarrador al aceptar su derrota y la lona cesó de moverse. Una onda cálida me envolvió y escuché un susurro lleno de tristeza entre mis hojas.

"Dile que la quiero mucho, y que fue la mejor madre del mundo."

Sé que se refería a Leonor, pero hasta el día de hoy, no he podido hablar con ella ya que el resentimiento en su alma le impide escucharme. Con gran esperanza, envié una pequeña mariquita para que ascendiera por su mano.

Leonor la miró con detenimiento, la tomó entre sus dedos y con sumo cuidado la puso sobre una de mis ramas. Su mano permaneció asida a mí por largo rato. Aproveché ese momento para transmitirle aquel último mensaje de amor en una suave brisa matinal. El calor de la despedida de la niña abandonó mi tronco y envolvió con ternura a Leonor. Sus lágrimas se evaporaron, elevó la mirada hacia al cielo más allá de mis nidos, y la esperanza regresó a sus ojos.

NAVIDAD SIN NOCHEBUENAS
2002

Relato de Pat.

Habían pasado meses desde que el esposo de Alicia falleció y ella se refugió en las pastillas de dormir. Los días y las noches eran una nube de tristeza, pijamas y lágrimas sin fin. Tantas lágrimas. Su hija Pat le llamaba constantemente exhortándola a regresar a la vida.

— ¡Tus nietas te necesitan! — repitió una y otra vez.

De alguna forma Alicia se dio cuenta que su hija tenía razón, y poco a poco fue deshaciéndose de las píldoras. Cierto día, Alicia vio el calendario y casi se desmaya al percatarse que faltaban sólo cuatro días para Navidad.

— ¿Te gustaría venir con tu familia a celebrar este domingo? — preguntó la viuda a su hija.

— Nos encantaría — la emoción en la voz de Pat era sincera —, ¿qué podemos traerte?

— Nada, querida. Absolutamente nada. Yo me encargo de todo.

Alicia se ocupó en limpiar la casa, poner los arreglos navideños y comprar regalos para sus dos pequeñas nietas. No tuvo ningún problema para encontrar los juguetes, pero las plantas de nochebuena, ¡no quedaba ninguna!

— ¿Le van a llegar más plantas de nochebuena? — preguntó a la dependienta del vivero.

— No, señora. Lo siento — respondió la dama y siguió regando las plantas.

El domingo por la mañana, Alicia se levantó a la luz del alba. Necesitaba tiempo para hornear el jamón y preparar el pastel de manzana. Lo hubiera podido hacer antes, pero no era Navidad si la casa no olía a canela y especias. Por primera vez en meses, puso música. El Mesías de Handel era su preferido.

Alicia vio el auto de Pat en la rampa de la cochera y se apresuró a saludarlos. Era un día caluroso y las niñas llevaban vestidos de colores rosa y verde. Pat tenía un gran ramo de flores entre los brazos.

— Están hermosas — dijo Alicia —, ¿tampoco tú pudiste encontrar plantas de nochebuena?

Pat intercambió una mirada nerviosa con su marido. Tomaron a las niñas de la mano y entraron a la casa. La música navideña y el aroma a canela inundaron sus sentidos. Al pasar por la sala, las niñas gritaron emocionadas: — ¡Regalos! —, y ambas corrieron a arrodillarse junto al árbol.

— ¿No trajiste los regalos para las niñas? — Alicia le preguntó a Pat mientras se dirigía hacia la cocina.

— Primero fuimos a la iglesia — respondió —. Lo haremos más tarde. La casa se ve muy linda, mamá.

Pat siguió a su madre hacia la cocina y sacó un jarrón de la alacena. Empezó a arreglar las flores mientras las lágrimas le corrían por las mejillas. Sin decir palabra arrancó la tarjeta que leía: "Feliz día de las Madres".

ALMAS GEMELAS
2004

Relato de Lorena.

Los que se ríen de mí y me llaman solterona con sorna, están por llevarse una gran sorpresa. Si no me casé antes de los cuarenta, fue porque no había encontrado mi alma gemela.

Por mucho tiempo trabajé programando computadoras, pero nos cambiaron por contratistas en la India y perdí mi empleo. Estuve desempleada varios meses, y decidí cambiar de profesión. Desde hace dos años trabajo en la biblioteca central de Chicago. La lectura es una de mis aficiones y la buena literatura, mi debilidad. El aroma a libro viejo es más apetitoso que el café de olla.

Me toca procesar las reservaciones cibernéticas de los clientes. Reviso las solicitudes, busco el libro en cuestión, lo coloco con el nombre del solicitante en los anaqueles de entrega y envío un correo electrónico informándoles cuando está listo. Ellos recogen el material directamente y yo, ni siquiera los veo.

Hace tiempo me sorprendió un pedido de la primera edición de un libro de filosofía oscuro y poco conocido que sin embargo, es uno de mis preferidos. El nombre del cliente se me quedó grabado.

A las pocas semanas, el mismo cliente solicitó cuatro novelas que también se contaban entre mis favoritas. Me intrigaba esta persona a quien le gustaban los mismos libros que a mí. La tercera vez pidió dos aventuras inolvidables que he leído y releído y por supuesto, me moría por conocerle.

Con gran facilidad escribí un pequeño programa fantasma que enviaría un mensaje a mi celular en el momento en que la tarjeta del cliente fuera registrada

dentro de la biblioteca. Esperaba tener tiempo de correr a verle y descubrir su identidad.
La primera vez que recibí el mensaje, estaba encaramada en una escalera y no alcancé a llegar. Tan sólo atiné a ver la espalda de un hombre alto de cabello negro que salía del edificio. Intuí que era él, mi cliente.
No reconocí los siguientes títulos que pidió, pero ese mismo día los llevé a mi casa y los devoré de un tirón. Lloré toda la noche pensando en la sensibilidad de aquel hombre, del que sólo conocía su espalda y su gusto literario.
Aquel martes por la tarde llovía copiosamente; la encargada del mostrador no llegó y me tocó suplirla. El hombre parado frente a mí entregó su tarjeta y la registré con un poco de fastidio. En ese momento, mi celular recibió un mensaje y sentí una descarga eléctrica atravesar mi cuerpo. Miré con atención la pantalla de la computadora y reparé en que se trataba de él: de mi alma gemela.
El metrónomo de mi corazón cambió de ritmo sin leer la partitura. Apenas pude sonreír. Era más joven que yo, pero no por muchos años. No era guapo, pero sí varonil. Sus brazos fuertes y musculosos hablaban de una vida de arduo trabajo. No eran brazos fornidos de gimnasio, no; eran brazos labrados por la faena.
— Espero disfrute la lectura — dije con una voz trepidante que me sonó chillona. Él no contestó pero sonrió y surgió un hoyuelo encantador en la mejilla derecha. Un hoyuelo. Otra de mis debilidades. Noté de inmediato que no llevaba sortija matrimonial y en ese momento, me enamoré como colegiala.
A partir de ese día, yo, tímida pero impetuosa, ponía mensajes entre las páginas de los libros que él pedía. No eran notas de amor, sólo comentarios anónimos relacionados con la lectura.

Aprendí que recogía los martes a las cuatro de la tarde, y en lugar de tener todos los libros listos a la vez, hacía trampa espaciándolos para que mi alma gemela tuviera que venir más seguido. El mensaje en mi celular me informaba cuándo correr a la entrada para verlo. Después de varias semanas de encontrarse conmigo, me empezó a reconocer. Sonreía con su hoyuelo encantador y sus ojos almendrados, pero nunca cruzamos palabra.

En un ataque febril, cometí la osadía de obtener una cuenta impersonal de correo electrónico y la incluí en una de las notas adjuntas pidiéndole que me escribiera para comentar la lectura.

La dicha me invadió al recibir su correo. Desde ese momento gozamos de una comunicación bilateral en el mundo virtual. Escribía parco pero reflejaba en sus textos una compasión profunda que me sumía en un éxtasis emocional. Leía y releía sus comentarios, y soñaba con el día en que pudiera conversar con él en persona. Sin embargo, la timidez me impedía acercarme.

Por varios meses me conformé con la correspondencia electrónica que nunca se desvió de la literatura, pero un día confesé haberlo visto en la biblioteca, y le hablé de la gran emoción que sentí al descubrir nuestra afinidad literaria y de mi sueño de llegar a encontrar mi alma gemela. Me despedí con la esperanza de que él también sintiera alguna atracción por mí. Lo firmé con mi nombre verdadero.

Su pronta respuesta me trastornó. Pasaría el siguiente martes a recogerme a las ocho de la noche, a la salida de mi turno.

El día fijado, enfundada en un vestido nuevo y con el cabello recién teñido, me encontré con él en el vestíbulo. Aunque nunca habíamos hablado me conocía de vista, y al verme llegar esbozó una sonrisa que perforó el hoyuelo en la superficie de su rostro. Se me doblaron las rodillas, y él estrechó mi mano con cierta brusquedad.

— Cuando quieras — mi voz tembló.

Nos esperaba una limosina con vidrios polarizados. ¡Era una cita romántica! Con suma caballerosidad abrió la puerta y me ayudó a abordar. Cerró la puerta y esperé a que diera la vuelta para subirse del otro lado. Mi corazón parecía un sapo asustado dentro de una caja de zapatos. El interior del vehículo estaba en la penumbra y tardé un instante en acostumbrarme a la oscuridad.

— Hola, Lorena — dijo una voz de vieja —. Lamento mucho el malentendido.

Una mano huesuda asió la mía. Las luces ambientales se encendieron y me encontré frente a frente con una anciana escuálida de mirada afable, quien llevaba el regazo cubierto con una manta escocesa. Su mano deforme por la artritis acariciaba la mía con compasión.

— ¿Qué es esto?

La anciana oprimió un botón y la ventana divisoria comenzó a descender. Mi galán estaba sentado en el asiento del conductor. La anciana habló en una lengua parecida al ruso, él asintió con la cabeza y contestó en el mismo idioma.

— Víctor es mi chofer. Acaba de inmigrar y no habla inglés. Como yo ya no puedo caminar, él me hace el favor de recoger los libros.

La miré atónita y comencé a llorar. Quise abrir la puerta y salir corriendo, escaparme de esa situación humillante, pero su mirada comprensiva y tierna me detuvo.

— No te preocupes, querida. Las ilusiones no le hacen daño a nadie y en realidad, tú y yo ya nos conocemos. No veo razón para que no podamos ser amigas. ¿Quieres venir a cenar a mi casa? Te ves muy linda con ese vestido verde.

Asentí entre lágrimas y recargué mi cabeza sobre el hombro huesudo que me ofrecía la anciana. La limosina arrancó y se mezcló con el tráfico nocturno. Al poco rato, ella susurró en tono confidencial:
— Víctor necesita casarse para poner en regla su calidad migratoria. Es un hombre muy trabajador y está aprendiendo inglés.
El conductor me observaba por el espejo retrovisor. El hoyuelo seductor apareció y no pude menos que sonreírle. Víctor y yo cerramos el contrato matrimonial con una mirada de complicidad. Entre el intelecto de la anciana y el físico del chofer extranjero, finalmente encontraba mi alma gemela.

Bertha Jacobson

SANTERÍA
2007

Relato de una compañera de colegio.

La primera vez que Claudia Alaníz tuvo que ir al siquiatra fue hace más de treinta años, durante la prepa a finales de los setentas, cuando pasó lo del profe Loya y la impresión de todo aquello la dejó tan traumatizada que hasta el día de hoy si le tocas el tema, estalla en un llanto histérico, las manos le sudan de forma exagerada y luego le viene un ataque de hipo que le dura dos o tres días.

Para Claudia, la prepa era una cárcel de mujeres disfrazada de colegio católico. Recuerda el inmenso patio de cemento delineado en dos lados por el austero edificio de tres pisos y los otros dos por una muralla sólida con el borde superior incrustado con cristales de botellas de cerveza. Qué ironía, no les permitían tomar pero les ponían enfrente toda la gama de marcas nacionales. Aquella tapia maciza tenía una altura de casi cuatro metros y las aislaba del mundo exterior. Una hilera de escuetos arbolitos plantados en pozas a lo largo de la barda para añadir verdor la deprimían en lugar de animarla, y las monjas centinelas, regla en mano, las obligaban a ponerse de rodillas para medir el largo de las horribles faldas cuadriculadas del uniforme.

Claudia tenía un espíritu rebelde y enrollaba la pretina de la falda hasta mostrar la línea del encaje de sus pantaletas de seda. Con muy poca feminidad yacía sobre el regazo de sus compañeras en el patio a la hora del recreo, y mientras el sol le doraba las largas piernas, ella se entretenía en observar el eterno navegar de las nubes por el firmamento, o los prismas de colores que los rayos del sol emitían al atravesar los vidrios encajados sobre el muro.

Cursando el segundo año de preparatoria reparó en la existencia de Manuel Loya. Tendida sobre el cemento del patio con la cabeza apoyada en la falda de una chica cuyo nombre ni siquiera recuerda, lo vio asomado por la ventana de un aula en el segundo piso. Sabía que era el profe de literatura universal y ex seminarista. Le apodaban *"la morsa"* por su cabeza pequeña, bigote escaso, incipiente calvicie y cuerpo informe de tamaño monumental. Aunque el profe apenas tenía veintitantos años, aparentaba muchos más.

Lo vio anonadado tras la ventana admirándola a distancia, y ella fingió no darse cuenta; pero en un movimiento casi imperceptible se subió la falda todavía más y abrió ligeramente las piernas. El joven maestro se ruborizó y bajó la persiana con brusquedad. Claudia soltó una carcajada y sus compañeras, ajenas al incidente, la miraron con sorpresa.

— ¿Qué te pasa? — preguntaron.

Ella se rió sola pero no dijo nada.

Pocos días después lo encontró fumando en un rincón del patio sentado sobre una banca de cemento. Se acercó a él sin timidez, con las piernas desnudas y bronceadas.

— No sea malo, profe. Deme una fumadita.

Manuel Loya, aturdido, le evadió la mirada y en un esfuerzo para no admirar su figura, fijó la vista en el edificio del fondo.

— Eso va en contra del reglamento del colegio — su voz suave tenía una dicción exagerada.

— Yo me paro aquí de espaldas a todos, y usted me "echa aguas". No sea gacho — sin dar oportunidad para que se negara, la chica tomó el cigarrillo de entre los dedos del profesor, quien al sentir el contacto femenino retiró los suyos como si los de ella fueran brasas.

Claudia aspiró con los ojos cerrados disfrutando el momento. Los ojos de Manuel Loya brillaron con nerviosismo. En lugar de una fumadita, la chica consumió el cigarrillo entero, y en señal de agradecimiento le obsequió la más encantadora de sus sonrisas. El tímido profesor quedó prendado de aquel rostro juvenil, de los ojos verdes centelleantes llenos de vitalidad, de las largas pestañas espesas y oscuras que los enmarcaban y de esos labios frescos que se le antojaban hechos de miel. Las pecas esparcidas sobre una diminuta nariz le parecieron encantadoras.

Semanas después, el profesor Loya revisaba exámenes en el salón de maestros cuando la puerta se abrió de repente y apareció Claudia en el umbral, encendida por la cólera. Apenas lo vio, como por instinto, se remangó la falda.

— ¿No deberías estar en clase? — preguntó él en un susurro ahogado por la sorpresa.

Claudia no contestó de inmediato. Se dirigió directamente al refrigerador al fondo del salón y sacó unos cubitos de hielo. Regresó y se sentó a su lado, dándole la espalda a la puerta. Con la mano libre y sin pedir permiso, tomó el cigarrillo que él había dejado sobre el cenicero y aspiró tratando en vano de calmarse.

— La arpía esa que nos da civismo tuvo el descaro de pegarme el chicle en el pelo — señaló la parte de la nuca con el cabello abultado sobre una mancha rosa y, pasándole un cubito de hielo, añadió —: no sea malito, ayúdeme a quitármelo.

Manuel Loya se encontró sin proponérselo, con los dedos fríos por el hielo y el rostro encendido por la emoción, acariciando el sedoso cabello de Claudia Alaníz. El aroma de ella le llenaba los sentidos.

— Esa bruja babosa no sabe nada de civismo — despotricaba la chica fumando el cigarrillo del maestro —. ¿Usted cree que vamos a aprender a ser buenas ciudadanas con ese ejemplo? Yo sé que no debo masticar chicle en clase, pero, ¡hay formas de pedir las cosas! — sintió un jalón y se encogió sobre su silla — ¡Ay, profe, con más cuidado!

— Está muy pegado, es posible que tengamos que cortar — aventuró a decir Manuel con voz temblorosa.

— No se dé por vencido tan pronto — contestó ella —. No es la primera vez que me lo hace. Usted siga frotando.

Manuel, dócil, siguió friccionando el hielo contra aquella sábana dorada de seda, y su imaginación lo transportó a un sitio fantástico y mágico cuya existencia él desconocía. Finalmente, el chicle cedió y quedó en la mano del profesor de literatura universal. Claudia se puso de pie y con una sonrisa traviesa, tomó el chicle y lo botó en el cesto de la basura.

— Gracias, profe. Es usted un ángel. Nunca les vaya a hacer esto a sus alumnas.

— Por supuesto que no — acertó a decir Manuel. Tenía los dedos entumidos por el hielo y los frotaba para recuperar el calor del cuerpo.

Los ojos de Claudia Alaníz se posaron en un suéter color cielo colgando de una percha en la esquina del salón.

— Oiga, ¿no es ese el suéter que se pone la arpía esa que se dice maestra de civismo?

Manuel Loya le siguió la mirada y se encogió de hombros. ¿Qué sabía él de esas cosas? La chica llegó hasta la percha.

— Sí, es el mismo. Dice que lo deja aquí porque a veces el aire acondicionado está muy fuerte — se acercó y lo examinó con cuidado. Tomó algo del cuello y se volvió con una sonrisa triunfal.

— Este cabello es de la vieja. ¿Cree usted en la santería? — en dos zancadas volvió a la mesa donde cinco minutos antes, el humilde ex seminarista hacía su trabajo sin imaginar siquiera lo que le esperaba.

— ¿Qué locuras dices, niña?

Pero Claudia no contestó. Colocó el cabello en el cenicero e ignorando la presencia de él, se desabrochó la blusa blanca del uniforme, dejando ver el contorno de dos senos perfectos bajo un corpiño de encaje color marfil. Manuel Loya contuvo la respiración. La chica, ajena a la confusión del maestro, extrajo un objeto pequeño del interior del corpiño y volvió a abrocharse la blusa.

— Es mi estampita de San Martín de Porres. Me la regaló mi maestra de cuarto grado, y desde entonces la llevo conmigo porque me da buena suerte — esbozó una sonrisa angelical, que Manuel Loya no supo si era tan atractiva o más que el contenido del corpiño.

— Présteme su encendedor — Manuel no se movió, y ella alcanzó el objeto que encontró sobre la mesa. Prendió el cabello y musitó algo similar a una oración a la vez que movía la imagen del santo en círculos alrededor del cabello chamuscado. El salón se llenó de un humo pestilente y el profesor tosió. Claudia se quedó con la mirada fija en el cenicero. Luego, como si despertara de un extraño sueño, lo miró. La intensidad del verdor de sus ojos era impresionante.

— ¿Sabe usted si la maestra es casada?
— ¿Qué? — contestó nervioso el maestro.
— ¿Y usted profe, es casado?

Manuel Loya se ruborizó ante la pregunta.

—Aún no. Primero tengo que hacerme cargo de mi problema de sobrepeso — respondió con absoluta sinceridad.

— Pues había de encomendarse a la santería, siempre resulta — sonrió entusiasmada —. Va a ver que de esta vieja nos deshacemos pronto — y guardó su santito en el interior del corpiño sin necesidad de desabrocharse la blusa.

— Anda, niña, déjate de tonterías — la reprendió Manuel Loya —. Es mejor que te vayas. Ya está por sonar el timbre de cambio de clases.

Manuel Loya se acostumbró a compartir sus cigarrillos con Claudia Alaníz. Tan pronto lo veía en el patio, ella se acercaba; y de pie frente a él, de espalda al resto de la escuela, le pedía que actuara de vigía por si alguien venía. Lo entretenía con sus ocurrencias y, con una coquetería casi inocente, lo instaba a hacer algo para bajar de peso y encontrar una esposa.

***

— ¡Profe! — la sonrisa de Claudia iluminó el salón de clases — ¡Pero mire qué cambiado está! ¿Qué se hizo? ¿Se encomendó a la santería como yo le dije?

— No, niña. Nada de eso.

Manuel Loya sonrió con gran satisfacción. Era el primer día de clases del siguiente semestre. El joven maestro recién regresaba de Monterrey, donde había pasado la mayor parte del verano convaleciendo de una intervención quirúrgica muy poco conocida por aquel entonces, el baipás gástrico. El sobrepeso desaparecía lento pero constante. Tenía cuarenta kilos menos y se sentía como un hombre nuevo. Podía subir y bajar escaleras sin agitarse y la presión arterial era casi normal. Aunque padecía de dolores abdominales severos y a menudo se encontraba bañado en un sudor frío, el resultado lo tenía satisfecho. Sin embargo, no había informado a nadie de su operación.

— Son los santitos, no me cabe la menor duda — exclamó Claudia Alaníz, y bajando la voz a un tono confidencial, susurró —: la vieja bruja de civismo se jubiló en el verano y ya no regresó a dar clases. Yo le dije que esto funcionaba. Ahora que ya arregló su problema de sobrepeso, ya puede casarse, ¿no? ¿Quiere que le preste mi santito? Es muy eficiente —. Se llevó la mano al corpiño y el profesor de literatura universal se sonrojó.

— No, Claudia, no. Mira, vas a tomar mi clase este semestre y te advierto que espero te comportes como es debido.

Claudia Alaníz le sonrió coqueta y añadió:

— Mientras comparta sus cigarrillos conmigo, me portaré como un ángel.

Por supuesto, Claudia no cumplió su promesa. Distraía a otras alumnas en el salón de clase, no ponía atención, enervaba al profesor subiéndose la falda demasiado y abriéndose la blusa para dejar el corpiño a la vista, no hacía tareas y seguía masticando chicle.

Manuel Loya no tuvo otro remedio que reprobarla en el primer examen. Por más que trató de ser indulgente, no había forma de aprobar a la chica, pero a ella parecía no importarle.

— Claudia, a menos que hagas el trabajo, vas a reprobar el semestre.

— Pero profe, ¿de qué me sirve aprender tantas babosadas?

— ¿Cómo puedes decir eso? Se trata de cultura general. Una dama de sociedad debe...

— Ay, no empiece a sermonearme igual que todos estos maestros imbéciles. A mí no me gusta estudiar. Yo me voy a casar para que me mantengan. ¿No quiere que nos casemos y usted me mantiene?

Manuel Loya se ruborizó.

— Yo no podría darte las cosas a las que estás acostumbrada — la miró con gravedad y se le formó un nudo en la garganta. Ella no reparó en su emoción y continuó con su perorata.

— Que conste, después no diga que no se lo ofrecí a usted primero. Ya encontraré a alguien. ¿Qué opina usted del hijo del gobernador?

A pesar de la indolencia de la chica, el profesor siguió exhortándola a estudiar y entregar sus tareas.

— ¡Bueno, y yo pensando que usted era diferente! — exclamó ella un buen día después de haber terminado un cigarrillo completo —. Le advierto que ya me tiene harta con sus sermones. No vuelvo a venir a fumar con usted —

lo miró con desprecio y, con aire ofendido dio la media vuelta y se marchó.

No obstante los severos dolores abdominales que le acosaban a raíz de la operación, el primer pensamiento de Manuel Loya por la mañana era para agradecerle a Dios el regalo de la vida, y tras rasurarse minuciosamente, enfundado en sus trajes guangos pasados de moda, salía con la ilusión de que Claudia Alaníz, con sus ojos verdes y piernas bronceadas, viniera a fumar con él en un rincón del patio. Pero la chica ya no venía. Desde el día en que se ofendió con él por su insistencia de hacer el trabajo escolar, lo miraba altiva, tirada como lagartija sobre el cemento al lado de sus compañeras, y mantenía su distancia. Asistía a clase sin interés alguno, y no volvió a cruzar la pierna para mostrar la línea del encaje de sus pantaletas.

El profesor trató de hablar con ella. Le pidió día tras día que se quedara después de clase pero ella, con la arrogancia de sus diecisiete años, ignoró sus súplicas.

Entretanto, los dolores se agudizaron y el médico recomendó que el maestro viajara a Monterrey para hacerle un reconocimiento. Con la ilusión de despedirse de Claudia Alaníz, el profesor llegó temprano al salón de clases y encontró a la chica sentada ante el escritorio del maestro. Con una mano giraba la estampita de San Martín de Porres, y con la otra sostenía un cerillo encendido observando con gran concentración el fuego que consumía un papel que Manuel Loya reconoció con su propia caligrafía.

— ¡Claudia Alaníz! — la voz explotó en el aula vacía.

Al oír su nombre, ella brincó del asiento y lo miró con una mezcla de lástima y rencor.

— Santería, profe. Ya también usted me puso gorro igual que la vieja de civismo.

Manuel Loya se apresuró a extinguir el fuego mientras Claudia, con torpeza regresó la estampita al lugar de siempre y sin decir palabra, se marchó. Ese día no asistió a clase. El profesor de literatura universal decidió que la niña había llegado demasiado lejos con su indisciplina y que tan pronto regresara de Monterrey, la reportaría con la dirección.

Los hechos se sucedieron de una forma imprevista. Una grapa mal colocada era culpable del dolor constante del profesor y el pobre hombre se desangraba gota a gota por dentro. Al llegar a Monterrey lo intervinieron de emergencia, pero el daño era irreparable. Con entereza se enfrentó al final. Sumido en una profunda tristeza, redactó una carta para su amor imposible, para Claudia Alaníz.

La chica escuchó la noticia y la culpabilidad se apoderó de ella. Tuvo la certeza de que su santería y la repentina muerte del profesor no eran hechos independientes. Cuando recibió la carta, pensando que contenía recriminaciones bien merecidas por parte del difunto, se rehusó a abrirla. Llorando inconsolablemente se fue hacia la banca de cemento al fondo del patio del colegio, la misma que ocupaba Manuel Loya cuando salía a fumar, se sentó allí y prendió fuego a la carta y a la estampita de San Martín de Porres.

Fue en vano tratar de convencerla de su inocencia. La triste tragedia le dejó tan traumatizada que hasta el día de hoy, si le tocas el tema, estalla en un llanto casi histérico, las manos le sudan de forma exagerada y luego le viene un ataque de hipo que le dura dos o tres días.

PRÍNCIPE Y MENDIGO
2008
Relato del tío de Tommy.

Tommy Uribe se mordió las uñas para no llorar. El dinero de los periódicos perdido y él sin saber qué hacer. Sentado en la banqueta, contra la pared de la tienda de abarrotes, temblaba más de nervios que de frío.

Lamentó haber venido al edificio de aduanas del lado mexicano en lugar de vocear desde el crucero de costumbre. Era la víspera de Navidad, la fecha en que los paisanos llegaban en tropel a solicitar permisos de viaje a México y convertían la pequeña plaza en una feria. Tommy vendió sus periódicos en un santiamén y luego se lió en un partido de fútbol con unos chicos que hablaban *espanglish*. Entró en calor y sin pensarlo, arrojó su sudadera azul con capuchón bajo un árbol pelón, olvidando que contenía el fruto de su trabajo. Concluido el partido, la sudadera había desaparecido y aunque buscó por todos lados, no pudo encontrarla. Preguntó a sus compañeros de juego pero ellos tan sólo se encogieron de hombros y se volcaron en sus *iPods* y sus *Gameboys*.

El chiquillo se quedó solo. Arrastrando los pies cruzó la calle y se tumbó sobre la banqueta. Se mordió las uñas conteniendo el llanto y sintió celos de esos niños que hablaban *espanglish* y tenían chamarras nuevas de colores vistosos y juguetes electrónicos.

Le llamó la atención la regia figura de un joven bajando de una flamante camioneta F150. Tras comprobar que su cargamento de bicicletas, estufas, televisores y colchones iba bien atado bajo una lona, el hombre admiró su propio reflejo contra el cristal polarizado de la ventanilla. Tommy Uribe lo vio sonreír con vanidad. El apuesto galán sacó un peine del bolsillo de sus pantalones de mezclilla nuevos y ajustados. Los lentes oscuros de aviador y la chamarra de piel le daban un aire glamoroso que Tommy comparó con los cantantes gruperos tan famosos en la frontera.

"Ancina quiero ser cuando crezca", pensó Tommy fijando la vista en el forastero, quien ajeno a la admiración del niño, se perdió dentro de la tienda de abarrotes.

Pasados unos minutos, una idea turbia comenzó a fraguarse en la mente de Tommy. El joven de la chamarra de cuero tenía muchísimas cosas en la caja de la camioneta. Si él se apoderaba de algo para luego venderlo, podría recuperar el dinero perdido y era probable que el dueño no se percatara del robo hasta llegar a su destino.

Se acercó sigiloso y metió la mano por debajo de la lona. Tanteó. Tendría que ser algo pequeño. Las bicicletas y los televisores estaban fuera de cuestión. Sintió un paquete de forma regular, duro y frío e intentó sacarlo, quizá se tratara de un *Gameboy*.

Se le fue la respiración al sentir una mano firme tomándole del brazo. Abriendo los ojos con sorpresa, Tommy se encontró cara a cara con el joven que parecía artista de cine.

— ¿Le cuido la troca, paisa? — pensó con rapidez, pero las manos le empezaron a sudar.

— ¿Y para cuidarla necesitas esculcar mis pertenencias?

Tommy no pudo contenerse y empezó a llorar. ¿Qué dirían sus compañeros si lo vieran? Tan grandote y tan chillón. Los niños de diez años no lloran, mucho menos aquellos que salen a vocear periódicos. Pero al pensar en su madre esperando el dinero para comprar comida, sintió una gran desesperación. Nunca antes había intentado robar, y la primera vez lo atrapaban in fraganti.

— Bueno... es que yo... — se limpió las lágrimas con la mano libre y sorbió los mocos.

— Pues no tienes cara de maleante — repuso el joven con una sonrisa jovial, parecía divertido más que molesto. Con firmeza, pero sin lastimar al niño, lo llevó hasta la banqueta donde se sentó enseguida de él.

De una bolsa de papel sacó dos refrescos y pan dulce. Volviéndose a Tommy le sonrió dejando a la vista una dentadura exageradamente blanca.

— ¿Gustas un refresco?

A pesar del frío, un refresco le vendría bien. Extendió la mano y tomó la botella. La abrió y limpió el borde de la misma con la camiseta.

— Se nota a leguas que eres buen chavo, ¿por qué me querías tranzar?

Tommy sintió una ola de simpatía por el joven en ropas de príncipe y le contó sus problemas.

— Discúlpame paisa, de veras, es que estoy desesperado.

— ¿No te pusiste a pensar que cada cosa que llevo ahí es un regalo para mis familiares? Tengo cuatro años de no verlos.

— Cuatro años es mucho tiempo — reconoció Tommy.

— Es una eternidad. Pero cuando nos vamos pa' el otro lado, no podemos regresar con las manos vacías. Queremos que nuestras familias vean que valió la pena el sacrificio y que vivimos bien.

— Todo está bien chido — sonrió un poco más tranquilo —. ¿Pa' quién es la bici roja?

— Es para mi hermano Fabián, es más o menos de tu edad — extendiendo la mano, añadió —: soy Eddie Ponce.

— Tommy Uribe — el niño correspondió y estrechó la mano que Eddie le ofreció.

— Cuando crezca, también me voy a ir pa' el norte — aseguró Tommy —, para regresar como tú.

— Pero métele ganas a la escuela, pa' que cuando llegues allá puedas tener un buen trabajo. ¿Cuánto dinero perdiste de los periódicos?
— No sé, los vendí toditos. Como ochenta pesos.
Eddie abrió su billetera y depositó diez dólares en las manos de Tommy.
— Chirrión, ¡eso es más de lo que yo perdí!
— Es un regalo de Navidad — sonrió Eddie.
Eddie puso la mano sobre el brazo de Tommy y notó que temblaba de frío. En un impulso generoso se despojó de su chamarra de cuero y la puso sobre los hombros del niño.
— Toma, quédate con ella. La camioneta tiene calefacción.
La calidez de la prenda y la suavidad del forro satinado envolvieron a Tommy. La chamarra impregnada a loción le quedaba grande, pero no importaba, era una chamarra de piel. Además, había recuperado el dinero perdido. Este bato era muy buena onda.
— Muchas gracias — Tommy acarició las mangas. Nunca había tenido algo tan suavecito.
— Feliz Navidad, Tommy.
Eddie se puso de pie y partió a bordo de su grandiosa camioneta F150 mientras el niño le miraba con gran admiración, como si se tratase de un dios.
A partir de ese día, Tommy no hacía sino pensar constantemente en Eddie. Enfundado en su chamarra de cuero salía a vender periódicos y buscaba entre el tráfico fronterizo la camioneta de Eddie, ansioso por verlo de regreso. Tanto pensó en él que llegó a idealizarlo. "Voy a ser como Eddie," repetía. "Me voy pa' el otro lado y luego regreso con hartos dólares y regalos pa' todos".
Una mañana después de Año Nuevo, Tommy Uribe voceaba sus periódicos cerca del puente internacional de cruce de frontera. Un hombre joven y delgado con pinta de

mendigo le sonreía desde una banca en la alameda. Tommy se acercó para ofrecerle el periódico.

— ¿El Heraldo, paisa?

— ¡Tommy! ¿No me reconoces? Soy Eddie — sonrió abiertamente y mostró la alba dentadura —. Me contaste que voceabas por aquí y te identifiqué por la chamarra.

Despojado de los lentes de aviador, los pantalones ajustados, la chamarra de cuero y la famosa F150, estaba muy lejos de ser el ídolo que Tommy veneraba en su memoria.

— ¿Y tu camioneta? — había desencanto en su voz.

— Se quedó en mi pueblo.

— ¿No traes equipaje? — vio tan sólo una mochila pequeña.

— No llevo nada — Eddie se encogió de hombros —. Voy a regresarme de mojado.

— ¿Y tienes otra camioneta en el Norte?

— No. Me traje todo para dejarlo aquí. Cuando llegue allá, tendré que empezar de nuevo.

— ¿Es cierto que es peligroso cruzar?

Eddie ocultó su preocupación. La verdad es que sentía terror a ser descubierto pero no quería que Tommy se enterara de eso, ni de las penurias que sufría en los Estados Unidos. Vivía con tres jóvenes amontonados en un pequeño departamento de una recámara, trabajaba de sol a sol y apenas podía comunicarse en inglés. Tantas desventuras por la ilusión de vivir el Sueño Americano y ayudar a su familia. No, no era necesario que el chico lo supiera. Tampoco mencionó las grandes deudas acumuladas para comprar los regalos, ni el crédito por blanquearse los dientes. Sin embargo, el niño lo intuyó sin necesidad de muchas explicaciones. El príncipe de sus recuerdos venía convertido en mendigo y temblaba de frío. En un impulso generoso, Tommy se despojó de su chamarra de cuero y la puso sobre los hombros de su ídolo caído.

— Toma, te la presto. La próxima vez que vengas me la regresas. Ya para entonces, me quedará mejor.

SUEÑOS DE ESCRITOR
2011
Relato de la hija de Tano.

Venustiano Lerma tenía aspiraciones literarias y a pesar de haber abandonado la escuela en el sexto grado de primaria, vivía con la ilusión de ver su fotografía, tamaño gigante, meciéndose como papalote en un aparador de la Librería Cervantes y de recorrer el país de costa a costa promoviendo sus obras.

De día era operador en una planta industrial y de noche le robaba horas al sueño para escribir sus cuentos en una *Remington* adquirida en el Monte de Piedad al día siguiente de descubrir su vocación oculta.

Todo empezó una tarde de 1999, cuando regresando del trabajo bajó del autobús y encontró una multitud congregada al frente de la Casa de la Cultura.

— ¿Qué pasa? — preguntó a un hombre calvo al frente de la fila.

— El famoso novelista peruano, Mario Vargas Llosa, viene a dar una conferencia — contestó el pelón señalando una foto enorme del autor bamboleándose junto a la puerta —. La entrada es gratis — añadió mirando el uniforme sucio del obrero.

— Un escritor vivito y coleando — musitó Tano para sus adentros. Nada sabía del invitado, pero la curiosidad pudo más que el cansancio. De escritores conocía los nombres de los desaparecidos Gabriela Mistral, Amado Nervo y Juan de Dios Peza, habitantes permanentes de los libros de texto; y recordó que alguna vez tuvo que aprender sus poemas de memoria. Como el tal Vargas Llosa era un hombre de carne y hueso, un contemporáneo que atraía grandes multitudes, supuso que valdría la pena asistir.

Ante un silencio expectativo, el destacado invitado entró al recinto seguido por un séquito de ayudantes: el primero le acomodó el micrófono en la solapa, otro le encendió un cigarrillo y un tercero abrió una carpeta con el material de la ponencia. No era necesario que el escritor diera órdenes, todos parecían adivinar sus deseos con una simple mirada o un leve movimiento de la mano.

Tano escuchó la plática con la boca abierta y ajeno a que su vida cambiaría esa noche, esperó largo tiempo en fila para que el autor le dedicara una copia de *"La Tía Julia y el Escribidor"*. *"Para mi amigo Chihuahuense, Venustiano Lerma"*, leía la inscripción seguida de un garabato ilegible.

El obrero leyó el libro de un jalón; el primero y el único que leería en su vida. Al terminar cayó víctima de una necesidad casi febril de escribir, y Pedro Camacho tuvo la culpa. El singular personaje de escasa educación creado por Vargas Llosa, alcanza el éxito redactando guiones de radioteatro con la vida, miserias y dramas de la gente bien y no tan bien de los barrios de Lima.

Los habitantes de Chihuahua poseían su propio encanto y Tano entrelazó historias para manipular las pasiones, zozobras y traiciones de los personajes de su infancia, a quienes encontró anidados en un lugar recóndito de su memoria.

El primero en aparecer fue Celso, el vendedor ambulante de frutas y verduras quien acudía antes del amanecer al mercado de abastos, y empujando un carretón de dos ruedas por los barrios populares, solía pregonar sus productos al son de un cencerro oxidado. Le imaginó un criadero de palomas mensajeras y lo sentó noche tras noche ante una mesa coja y destartalada, escribiendo cartas de amor que procedía a enviar por medio de los pichones a una granja en las afueras de Villa Juárez.

Siguió con la viuda del aguerrido revolucionario de los Dorados de Chihuahua asesinado en 1923. La anciana de ojos azul mar vivía de sus recuerdos en un caserón semidestruido donde por el equivalente a un dólar, permitía a los turistas entrar a ver sus reliquias. En un mundo ficticio la puso al frente de una banda de huérfanos carteristas, a quienes explotaba sin miramiento alguno para salir de la miseria.

Recordó después al hermano Canuto, un sacristán cuarentón impregnado a incienso y parafina. No pudiendo realizar sus sueños de ser cura, tuvo que conformarse con mantener las veladoras encendidas y las sotanas limpias y almidonadas. Le inventó una doble vida como amante de damas encopetadas de la caridad, y le hizo pasar tantas penas para evitar ser descubierto durante sus proezas donjuanescas, que él mismo se moría de la risa al leer y releer sus ocurrencias. Al completar veinte cuentos cortos, con el anhelo de ser un escritor famoso, regresó a la Casa de la Cultura.

—Disculpe, señorita, ¿quién me puede ayudar en asuntos de letras? — preguntó a la recepcionista enrollando y desenrollando el legajo de papeles con marcado nerviosismo.

— El Licenciado Nieto, ¿gusta usted hacer una cita?

— No es necesario — respondió una voz potente detrás de él. Un joven alto, que le pareció muy seguro de sí mismo le extendió la mano —. Soy Guillermo Nieto. Mucho gusto.

Tano Lerma solicitó hablarle en privado. Una vez en su despacho, le confió sus aspiraciones y puso los papeles sobre el escritorio del funcionario. A Guillermo Nieto le cayó en gracia el candor del obrero cuarentón y se ofreció a leer sus cuentos. Fue el inició de una amistad poco convencional. El Licenciado Nieto recibía los relatos mecanografiados llenos de faltas de ortografía y los regresaba anegados de marcas en tinta roja.

— Corríjalos y tráigamelos de vuelta. Necesitan trabajarse más pero me gusta su estilo, tiene usted una gran creatividad.

Dos años después, el Licenciado Nieto aceptó un puesto de agregado cultural con la embajada de México en Madrid y tuvo que marcharse. Al perder a su tutor y crítico literario, Tano se sintió perdido. No obstante, continuó escribiendo ya que los cuentos surgían por sí solos en su imaginación. Compró un archivero metálico con cuatro cajones que fueron llenándose de relatos que nadie leía.

En octubre del año 2010, Vargas Llosa recibió el premio Nobel de la literatura y Tano, con gran nostalgia, desempolvó el volumen autografiado por el autor una década atrás. Lo releyó con la misma ilusión de la primera vez. Su corazón volvió a llenarse de aquel mismo delirio que lo impulsó a escribir, así que decidió poner manos a la obra e intentar publicar y promover sus cuentos.

Al hurgar en los cajones del viejo archivero encontró aquellos primeros borradores corregidos por el Licenciado Nieto. Entre los papeles, había una nota.

"Tano: antes de mandar sus escritos a un editor, vaya a la librería y vea los libros publicados bajo ese tema. Conozca su mercado y asegúrese que su manuscrito esté en hojas limpias, a doble espacio".

Viendo las páginas amarillentas inundadas de tinta roja, Tano resolvió mecanografiarlas de nuevo. No consiguió cintas y él mismo se dio a la tarea de embarrar las viejas con una brochita empapada en tinta negra, lo cual resultó en que algunas de sus páginas salieran chorreadas o con las letras deformes.

Con los cuentos bajo el brazo, Tano Lerma entró a la librería. Se dedicó a escudriñar uno por uno los volúmenes en la sección de cuentos. En una libreta hizo anotaciones siguiendo los consejos del Licenciado Nieto: nombre de la editorial, dirección, autor, año de publicación y número de páginas.

Un rostro conocido le sonrió desde la contraportada de un pequeño libro publicado en el 2006 por una casa editorial española. Leyó: "La ingeniosa narrativa de *Callejones y Cuestas,* galardonada con el premio Toledano, coloca al eminente diplomático y licenciado, Guillermo Nieto, dentro de un círculo selecto de escritores. Así pues, se le vaticina una distinguida trayectoria literaria".

— Así que también a él le picó el gusanito de escribir — susurró Tano dejando escapar un silbido de sorpresa y emocionado, empezó a hojear el volumen para conocer la obra de su antiguo mentor.

Los personajes, lugares y situaciones le resultaron demasiado familiares. Como si eso no fuera suficiente, se descubrió a sí mismo retratado en el último cuento, *"Sueños de Escritor",* donde Nieto satirizó sus ilusiones con insólita crueldad. El fajo de papeles que tenía bajo el brazo cayó al suelo y, sin ánimo de recogerlos, Tano abandonó la librería.

Bertha Jacobson

YO YA VOTÉ
2012
Relato de Gloria, la esposa de Anselmo.

Anselmo Terrenos era feliz en su puesto de chofer. Como era muy alto, le hacía gracia el que cada tarde al reportarse a trabajar para el segundo turno, tuviese que deslizar el asiento de la camioneta lo más atrás posible.

— ¡Ay con este chaparro de Filemón! — farfulló para sus adentros pensando en el conductor del primer turno.

Por encima de la barda del corralón vio un cartel del candidato favorito a la presidencia. "Vote por mí el primer martes de noviembre", leyó, "les prometo que el Sueño Americano continuará siendo una realidad".

En un gesto de simpatía, Anselmo le guiñó un ojo a la conocida figura y levantó el pulgar derecho.

— Estamos contigo, bato. Eso del Sueño Americano a todos nos viene muy bien — dijo como si el candidato le pudiera escuchar.

Silbando una melodía alegre y contagiosa de su país tropical se abrochó el cinturón de seguridad, ajustó los espejos laterales y abriendo la guantera, sacó las gafas de sol. Antes de ponérselas miró su reflejo en el espejo retrovisor. Alisó el bigote pulcramente recortado y se cercioró de no tener comida entre los dientes, ni vellitos rebeldes asomándole por las fosas nasales. Era importante proyectar una imagen profesional.

Buscó entre las hojas del itinerario hasta encontrar una tira de pequeñas calcomanías que tenían la bandera de los Estados Unidos con la frase *"Yo ya voté"* impresa bajo el estandarte. Desprendió con cuidado una pieza del largo lienzo y la pegó sobre el bolsillo de su camisa: allí está, ¡perfecto! que quede a la vista de todos, pensó.

Sin necesidad de decir palabra alguna, Anselmo Terrenos pretendía persuadir a su prójimo para que votara en la elección presidencial 2012. Cabe añadir que el papelito azul y rojo adherido a su camisa le servía también de rompehielos con los clientes, quienes al verlo se mostraban mucho más complacientes, considerados y dispuestos a conversar.

La primera parada fue en un banco donde la recepcionista y las secretarias que rondaban por el vestíbulo vieron la calcomanía, e inmediatamente empezaron a recordarse unas a otras el ir a votar. Por supuesto no tardaron en enfrascarse en una dinámica discusión acerca de los candidatos.

— La democracia sigue viva en este país — aseguró Anselmo en su inglés mocho matizado con un acento hispano —. Ejerzan su derecho antes de que venga un tipo bigotudo y se los quite en un golpe de estado.

La siguiente entrega lo llevó a un centro comercial en construcción, donde tuvo que estacionarse alejado de la malla de seguridad y caminar buen tramo por un pasadizo donde una veintena de trabajadores tomaban el descanso obligatorio del sindicato.

— Buenas tardes — saludó Anselmo.

— Buenas tardes — contestó a coro la cuadrilla de jornaleros calzados en botas de punta de acero, cascos y cinturones de herramientas multicolores.

— Mira, él ya votó — dijo uno mientras consumía un refresco de cola.

Anselmo le sonrió.

— Y este año — añadió otro que tenía toda la pinta de ser el jefe —, más vale que nos presentemos a votar. La cosa está bien reñida.

Durante la última parada en una bodega de refacciones coreanas, el portero fijó la vista en la calcomanía y le pidió su opinión ante la situación política del país.

— Estamos en crisis — respondió Anselmo —. Es necesario que todos los ciudadanos ejerzan su derecho.

— La apatía se ha apoderado del pueblo — afirmó el portero con una mueca —. Se avecina una inmensa ola amarilla que nos va a despertar de sopetón. Espero que recapacitemos antes de que sea demasiado tarde. Yo le admito que no voté en las elecciones pasadas, pero este año no se me pasa.

— Así se habla — repuso Anselmo y ofreció al portero el tablero digital fabricado en china —. Firme aquí, por favor.

Terminó su ruta cerca de la medianoche. Regresó el camión repartidor al corralón y bajo una luna menguante apenas visible por la espesa nube de smog, condujo su mini auto japonés por las avenidas casi desiertas de Houston. Sintonizó la radio en el programa "Hablando Claro", donde los radioescuchas participaban en discusiones acaloradas sobre temas de influencia política tan variados que iban desde el presupuesto nacional, hasta la guerra en Afganistán, el aborto, los derechos gay, el calentamiento global, el desempleo y los inmigrantes ilegales.

— No importa como me la pongas — comentó el chofer en voz alta —, gane el que gane, se va a encontrar con todo color de hormiga.

Cuarenta minutos después, Anselmo regresó al hogar. Satisfecho por la jornada abrazó a su esposa, quien lo recibió cariñosa como siempre.

— Ya te calenté la cena — dijo Gloria dándole un beso en la mejilla. Reparó en la calcomanía que decía *"Yo ya voté"*.

— ¿Y esto, mi cielo? — lo miró interrogante.

— Me encanta la temporada de elecciones, querida. Hace mi trabajo mucho más divertido.

— ¡Voítelas m'ijo, si estamos aquí de ilegales! ¿Cómo que vas a votar?

Anselmo le guiñó el ojo a su mujer.

— Con esto en el bolsillo de mi camisa — desprendió la calcomanía, la hizo bolita y la lanzó en el cesto de la basura —, te puedo asegurar que hoy voté por lo menos seis veces.

METAMORFOSIS
2020

Narración telepática.
— Tome esto — ordena la mujer de mirada triste. No siento nada sobre mi mano izquierda, ni siquiera siento los dedos y bajo la vista para encontrarme con el famoso cortaúñas grabado con mis iniciales. Siempre me pareció ridículo y ostentoso grabar algo cuya naturaleza yo consideraba mundana y hasta algo indigna, pero Mercedes era así, le gustaban esas cosas.

Lo miro con detenimiento pero no sé qué hacer con él. Lo escudriño como si dentro de aquel pequeño objeto se escondieran todas las respuestas del universo. Veo mi nombre en caligrafía pequeña "Leonel Pasos". Mis ojos se vuelven a la mujer de traje quirúrgico, y con la mirada hago la pregunta que mis labios no pueden expresar.

— ¿Puede moverlo? — dice ella interpretando mi pensamiento.

Intento mover mi brazo izquierdo, pero no pasa nada. Me concentro con gran esfuerzo pero no puedo. Se trata de movimientos automáticos tan sencillos y yo, ¡no logro hacer nada! Un corto circuito en mi sistema nervioso me impide mover el lado izquierdo, desde el hombro hasta la mano, que permanece impávida ante mis súplicas. El tiempo cesa o retrocede, no lo sé, todo es tan confuso. Así pues, de repente, aún con el cortaúñas sobre mi palma, me encuentro en el hogar que compartí con Mercedes por tantos años. La veo de pie frente a mí con el ceño fruncido. Al final de nuestra relación siempre lo tenía así, fruncido.

— ¿Cuántas veces te he dicho que no dejes tus uñas tiradas por dondequiera? ¡Eres un cerdo!

Sus quejas eran el pan nuestro de cada día y yo, ya ni siquiera ponía atención a sus gritos. Seguí cortándome las uñas con movimientos medidos, sabiéndola allí, y a la vez ignorando su presencia. Con cada clic, una uña revoloteaba por el aire y caía inerte sobre la alfombra mechuda mientras Mercedes se crispaba más y más. Cuando la tensión de la sala llegó al punto de ebullición, con simulada calma dejé el cortaúñas sobre la mesa y me encaminé al dormitorio. Sentí un golpe en la cabeza. Mercedes arrojó el pequeño objeto contra mí con todas sus fuerzas. Me volví sorprendido. Una cosa era ignorarnos y otra agredirnos. Ese acto de violencia rompió el último hilo que nos mantuvo unidos por tantos años. Ambos comprendimos que sin respeto, nuestra relación no tenía esperanza. Fue la última vez que la vi. Se llevó en un hatillo todas sus quejas que iban más allá de las uñas tiradas por el cuarto. Tantos silencios, tantos reproches, tantas querellas disminuyendo nuestro amor, el cual perdió el camino y ya no supo como regresar. Eso pasó hace ya muchos años. Me pareció una gran ironía que Mercedes ya no estuviera junto a mí, y este indolente cortaúñas siguiera aquí, recordándomela.

    Mi nariz cosquillea ante el intenso olor a antiséptico del hospital, y regreso de mis cavilaciones a este cuerpo paralizado. La mujer de mirada triste aguarda con paciencia algún movimiento, por pequeño que sea, algo que le diga que puedo moverme. Nada. No puedo hacer nada. El cortaúñas descansa inmóvil sobre mi palma mientras intento comprender mi nueva situación.

    Yo, Leonel Pasos, quien hasta ayer me consideré un hombre independiente y hasta un poco audaz, hoy me encuentro a merced de un cortaúñas, o peor quizá, me he convertido en algo todavía más inútil que ese objeto ordinario que tanto desprecio.

    Mi nombre grabado en un brazalete de plástico colocado en mi muñeca derecha; mi cuerpo inerte después de la embolia esperando igual que el cortaúñas a que alguien me tome de la mano y me permita hacer algo de utilidad.

— ¿No puede abrirlo? — me pregunta ella, quien supongo es una enfermera.

La observo tomar mi mano izquierda, mas no siento nada. El cortaúñas se abre y cierra entre sus dedos ágiles, y sus movimientos automáticos me causan una gran envidia. El objeto encuentra una presa. Con cada clic, una uña revolotea por el aire y cae inerte sobre la charola antiséptica causando que yo me crispe más y más. Vuelvo a pensar en Mercedes.

Bertha Jacobson

CABALLEROS DESECHABLES
1925

Relato de un personaje imaginario, cocinero Mexicano de Mr. J., a quien nunca se menciona en el libro.

Mr. J. miró al visitante y consultó con rapidez su reloj de pulsera; el hombre venía con dos horas de anticipación. ¡Qué contrariedad! Sin perder una pizca de su encanto innato, se acercó efusivo a ofrecerle la mano.

— ¡Mi estimado caballero, qué gusto verlo por aquí!

El individuo contestó el saludo llevándose la mano al sombrero y no estrechó la mano que Mr. J. le tendió. La actitud impersonal lo inquietó pero trató de ganar tiempo añadiendo en un tono jovial:

— No lo esperaba sino hasta después del almuerzo, en un momento lo atiendo. Precisamente vengo llegando de una partida de golf. Las actividades al aire libre son la mejor manera de restaurar el espíritu. ¿Por qué no me espera en el jardín? Pediré que le lleven una copia del periódico y un refrigerio.

Sin contestar, el visitante se dirigió hacia el jardín. Conocía mejor que nadie las costumbres de Mr. J., y el madrugar no era una de ellas. En los años que tenían de conocerse, pasó un sinfín de noches interminables siguiendo muy de cerca sus juergas.

Mr. J. ascendió los escalones de la gran mansión de dos en dos con la agilidad de su juventud y decidió darse una ducha para despejar su mente. Había ideado este encuentro con gran anticipación y no podía darse el lujo de cometer ningún error.

Seleccionó con cuidado un traje ligero de seda italiana en tonos claros y tras vestirse, admiró la imagen que le devolvió el espejo. La distinción emanaba por cada uno de sus poros. "Buen trabajo, amigo", se dijo a sí mismo. "No sólo te has reinventado, has alcanzado la cúspide de la sociedad. La gente importante del país desea tenerte por amigo y ejerces gran influencia entre los empresarios de la bolsa. Sin embargo, es hora de cambiar tu rumbo".

Las emociones del día anterior y el cansancio ante el fracaso de no haber podido recuperar por completo al amor de su vida, se reflejaban en las ojeras y en un ligero temblor de sus labios.

Además, le enervó un poco que el hombre que lo esperaba en el jardín lo tratara como a una marioneta e insistiera en manipularlo a su antojo. Eso de llegar temprano no era sino una treta para hacerle saber que seguía siendo el jefe. Cierto, sus caminos se cruzaron inicialmente en la imaginación del escritor, pero al paso del tiempo, entre ellos surgió una compleja relación que rebasaba la cordura. Ahora, Mr. J. deseaba dominio absoluto sobre su propia persona. Los hilos de la marioneta iban cayendo al suelo uno por uno y sentía haber ganado terreno. Sin embargo, para obtener su independencia total era menester atar cada uno de esos hilos a su creador y así llegar a ser él, Mr. J., quien dictara la dirección de ambas vidas. Se reinventó una vez y volvería a hacerlo de nuevo. Ahora deseaba un mundo de aventuras y misterio. Tenía pensado mudarse a Europa, incorporarse al cuerpo diplomático y relacionarse con la realeza. Las secuelas no eran populares por aquel entonces y el escritor llegaría a ser considerado internacionalmente como líder de una revolución literaria al "concebir" tan brillante idea. Una premisa con ganancias para ambas partes. Mr. J. estaba seguro de poder convencerlo.

Echaría mano de su poder especial como personaje principal. Su creador lo amaba y lo detestaba a la vez. A base de un gran esfuerzo, Mr. J. podía dominar la mente del escritor y gozaba de la habilidad de causarle a éste interminables horas de insomnio maquinando nuevos nudos para la novela. Sin embargo, era él, Mr. J., quien tejía las telarañas de la trama con sus secretos, sus obsesiones, su espíritu casanova y ese aire de misterio que ni el mismo escritor sabía a ciencia cierta de dónde provenía.

"Nada mejor que buena música para amenizar el encuentro", pensó Mr. J. tras abrocharse las mancuernillas de oro con incrustaciones de zafiro, que hacían juego con el azul de sus ojos. Camino al jardín, pasó por la biblioteca y puso en el fonógrafo una selección de jazz. La música escapó por las ventanas abiertas, y cuando él salió al jardín, se sintió plenamente satisfecho del resultado.

Esbozó la encantadora sonrisa que le lograra tantos triunfos y, con paso seguro se encaminó a la mesa donde le esperaba el escritor.

No alcanzó a llegar. Nunca vio al tercer hombre acechándole detrás de los arbustos. Sólo escuchó la explosión del revólver y sintió la bala traspasarle el cuerpo. Un líquido rojizo y cálido le manchó la camisa de seda. Cayó torpemente en la piscina y apenas alcanzó a ver el rostro impávido y determinado de su creador. Mr. J. comprendió demasiado tarde que el escritor había venido expresamente a verlo morir.

—Buen trabajo, George — dijo el autor sin emoción alguna.

Los sueños hedonistas de Mr. J. se vinieron abajo aquella mañana. La misma en que el autor y la gran novela del siglo, cruzaron mano a mano el umbral de la inmortalidad.

Made in the USA
Charleston, SC
07 May 2015